「三国志」って聞くと、なんとなく……

戦うオジサンたちの姿が思い浮かびませんか？

でも、彼らにとって本当の戦場は……

に学ぶ
の法則120

コミュニケーションの場にありました。

三国志 人間関係

三国志一の「人たらし」

劉備

三国の1つ、蜀の初代皇帝。耳が大きかった。関羽、張飛と義兄弟の契りを結ぶ。手に入れた土地を奪われたり、戦に負けて行き場を失うことばかり。そのたびに曹操、袁紹、劉表など、だれかを頼って苦難を乗り越え、やがて大国の主となる。

三国志一の「天才肌」

孔明

劉備の軍師。劉備に3回も訪問されて、配下になることを決意。人の心や相手の戦略を読むことにかけて天才的な才能を発揮する。名参謀の周瑜や司馬懿などを何度も手玉に取り、司馬懿は「まるで神のようだ」と評した。劉備の死後、蜀の全権を握り、魏を攻め続ける。

意見を聞いて改善します

孫権

三国の1つ、呉の初代皇帝。目は青く、ひげは紫だった。周瑜・張昭などの側近と相談しながら国を守り抜く。兄・孫策は死の直前、孫権に「戦場で戦う能力は、おまえは私にかなわない。だが、領地を守り抜く能力は、私はおまえにかなわない」と言い残した。

愛情×非情のリーダー

曹操

三国の1つ、魏の礎を築く。優秀な人材をこよなく愛する一方、罪のない人を犠牲にする冷たさも併せ持つ。漢王朝の皇帝（献帝）をそばに置いて権力を握り、劉備、孫権と天下を争う。のちに息子・曹丕が漢王朝を滅ぼし、魏の初代皇帝となる。

ひげと刀の人情家

関羽（かんう）

兄上を守る！

身長は2mを超え、ひげは50㎝近くあった。居酒屋で劉備、張飛と意気投合し、義兄弟の契りを結ぶ。劉備に付き従い、青龍偃月刀（せいりゅうえんげつとう）を武器に数々の戦場で活躍。曹操はその武勇を「神のようだ」と絶賛した。また、曹操の配下・郭嘉（かくか）は関羽を「義理を重んじる人」と評した。

酒と戦があればよし！

張飛（ちょうひ）

FIGHT or DRINK
ヨ〜イヨイ

劉備、関羽とは義兄弟。関羽は張飛の武勇を「100万の敵を相手にしても、まるで袋の中から物を取り出すように大将の首を取る」と評価。曹操はその言葉をいつまでも忘れず、張飛を恐れた。戦場では無類の強さを誇るが、酒で失敗し、劉備の足を引っ張ることも。

悪魔から生まれてきたの？

董卓（とうたく）

都で権力を独占し、悪政の限りを尽くす。残虐行為は数知れず、反対する者は処刑し、世の中を混乱に陥れる。とても太っていた。

才能100！ 信用0！

呂布（りょふ）

丁原（ていげん）を裏切って董卓に仕える。のちに董卓も殺してしまう。抜群の武勇を誇るものの、多くの人を裏切り、信用を失う。

長い目で見て勝てばいいい

司馬懿（しばい）

曹操の配下。参謀として優れた才能を持ち、世の流れを読むことにも長けていた。孫の司馬炎が晋王朝の初代皇帝となり、中国を統一する。

鈍感力は生命力

劉禅（りゅうぜん）

楽しければ
それでいいじゃん

劉備の息子。蜀の2代皇帝。遊びほうけて国を衰退させても、危機感はゼロ。忠臣たちが戦死する中、自分は魏に降伏して生き延びる。

1800年前も、人の悩みは「人間関係」。

今から約1800年前のこと。

中国では魏(ぎ)、呉(ご)、蜀(しょく)が争っていました。

「三国志」の舞台となる3つの国です。


「三国志」には大きく2つあります。

1つは正史『三国志』。3世紀に陳寿(ちんじゅ)が記した歴史書で、三国が成立し、やがて晋に統一されるまでの様子が記され、魏を正統としています。

もう1つは『三国志演義』。14世紀頃に作家・羅貫中(らかんちゅう)が、正史『三国志』をもとに書いたとされる歴史小説で、蜀を正統としています。


歴史書の『三国志』と、歴史小説の『三国志演義』。

2つの中で広く知られているのは、『三国志演義』です。そこに描かれているのは、戦いに明け暮れる武将たち……ではなく、人に頼ったり、頼られたり、人のせいにしたり、だましたり、ひいきしたり、感情的になったり、秘密にしたり、仲良くしたり、好きになってしまったり……現代と変わらない泥くさく悩ましい人間たちの姿。彼らの戦いが「戦場」だけでなく「人間関係」にあるからこそ、『三国志演義』が人々の共感を得て、長く愛され続けているのではないでしょうか。

この本では、そんな『三国志演義』の全120回の物語を、「人間関係」という視点からひもといていきます。

・年号を記載していない回もあります。
・各回の内容は、その前後の回の内容を含むこともあります。
・序章は、実際の『三国志演義』では第1回で紹介されている内容です。
・諸葛亮 孔明のみ、「諸葛亮」ではなく「孔明」と表記しています。
・会話文などには一部、口語を使っています。

もくじ

192～193年頃

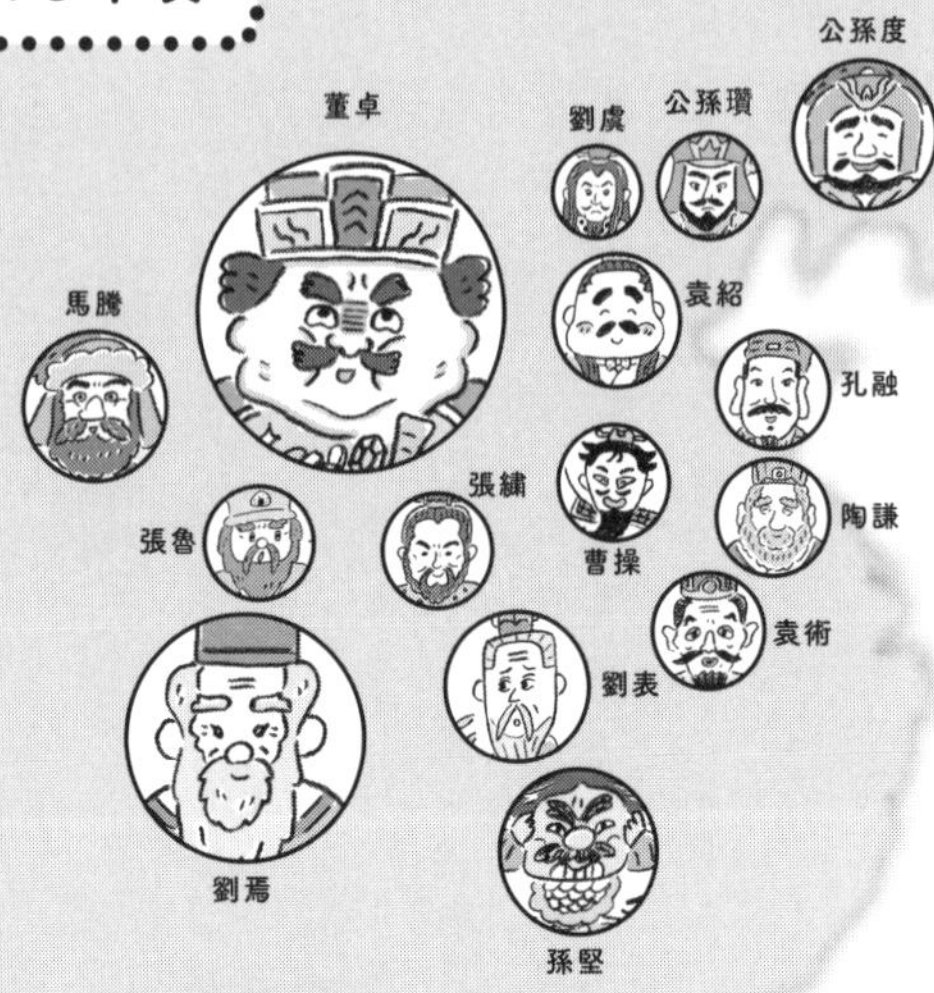

▶群雄割拠の時代。董卓が都で悪政の限りを尽くす。

197～199年頃

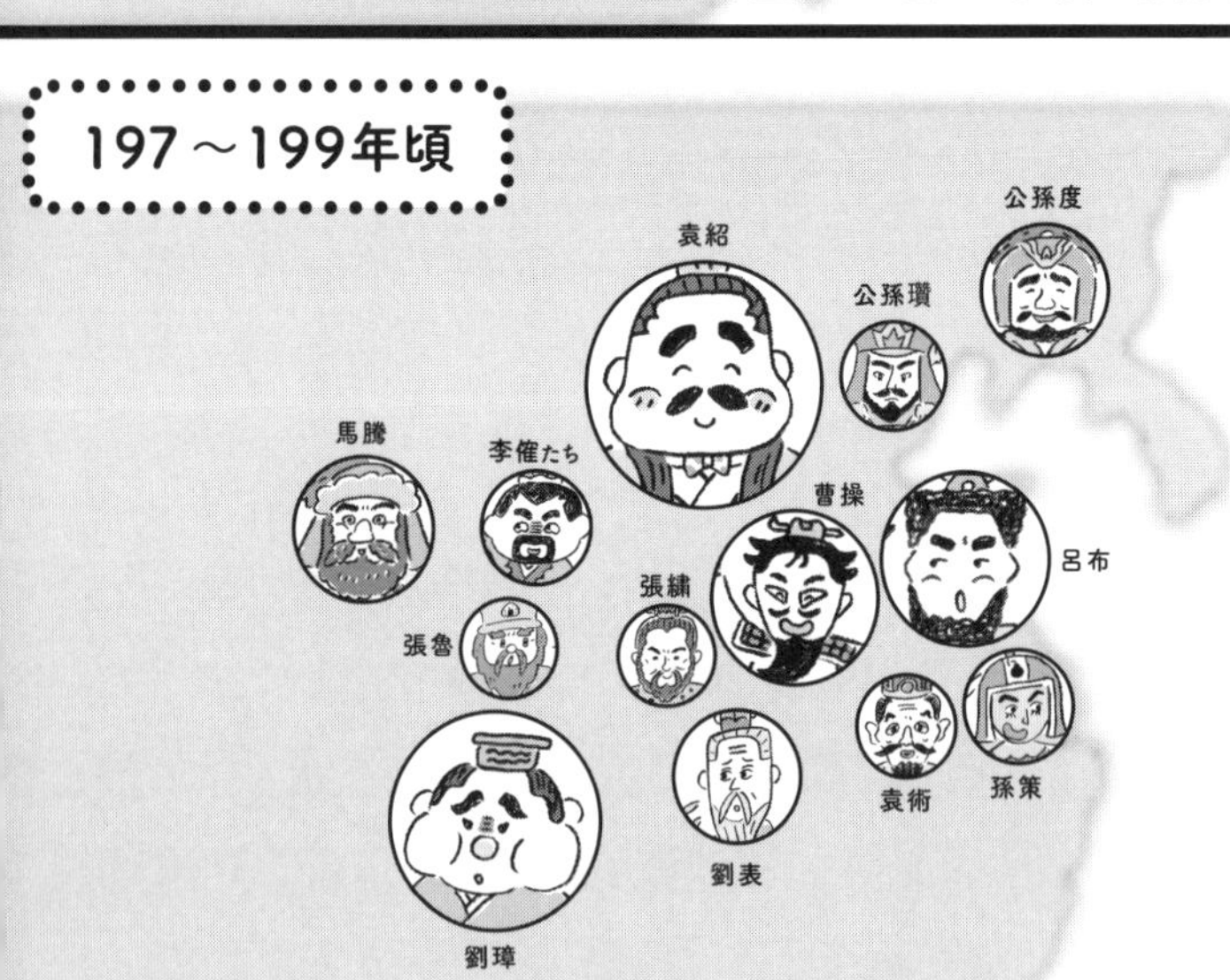

▶董卓が滅び、袁紹、曹操が勢力を広げる。

▶袁紹を滅ぼした曹操が一大勢力に。劉備は劉表のもとに身を寄せる

▶ほぼ三国に分かれる。このあと、曹操の息子・曹丕が魏の皇帝に、劉備が蜀の皇帝に、孫権が呉の皇帝になる。

 参考：『三国志演義事典』渡邉義浩・仙石知子（大修館書店）

序章

184年　桃園の誓い

「気になる人」は、「気が合う人」かも。

劉備

劉備の一生を支えたのは、偶然出会った人だった。

184年、中国で民衆の反乱が起こります。そこで反乱鎮圧の兵士が募集されることに。ワラジ売りの劉備がその立て札を見ていると、後ろから大声で「おい」と声をかける男がいます。どんぐりまなこの猛将・張飛です。

「思わず声をかけてしまった」

そう語る張飛は、劉備とすぐに意気投合して近くの居酒屋へ。たまたま店にいた大男に、今度は劉備が声をかけます。その大男が、名将・関羽でした。

翌日、3人は桃の木の下で「死ぬまで運命をともにしよう」と誓い合います。そして最年長の劉備を兄、関羽を次兄、張飛を弟とし、義兄弟の契り（ちぎ）りを結んだのです。

劉備

「なんかこの人、気になるな」と感じたら、直感を信じ、思い切って声をかけてみたらいいと思うよ。一声かける勇気が、一生の出会いにつながるかも。

 貧しかった劉備は、ワラジを売ったりムシロを編んだりして生計を立てていました。

第1回

184年　黄巾(こうきん)の乱

言うべきことは、「言いたいこと」より「言われたいこと」。

張角

三国志の幕開けは、張角の巧みなプレゼンから。

2世紀後半、中国の民衆は腐敗した漢王朝のもとで苦しんでいました。この混乱の中、太平道の教祖・張角は、「今こそ反乱を起こして天下を取るチャンス」と考え、不満を抱く人々の前でこう宣言します。

「おまえたちは太平の世を楽しむべきだ」

この言葉に従った民衆の数は、なんと40万人以上。「太平の世を楽しむべきだ＝君たちには平和を楽しむ権利がある」という張角のしたたかなプレゼンは、民衆の心をつかみ、時代の流れを変える大きな反乱勢力を生み出したのです。

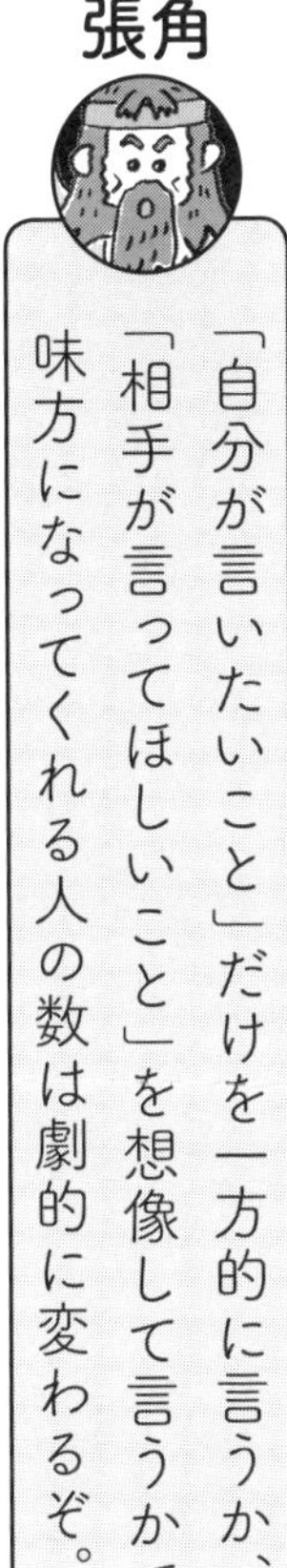

張角
「自分が言いたいこと」だけを一方的に言うか、「相手が言ってほしいこと」を想像して言うかで、味方になってくれる人の数は劇的に変わるぞ。

反乱に加わった人々は、黄色い頭巾で頭を包んでいたため「黄巾の乱」と呼ばれています。

第2回

監察官を叩く張飛

自分が正しい時こそ、正義感の扱いは慎重に。

張飛

張飛の正義感によって、劉備は仕事を失った。

劉備たちの活躍もあり、黄巾の乱は無事平定。その結果、劉備は地方の警察署長に任命されます。関羽・張飛とともに真面目に働き、住民の信頼を得ていたある日、劉備は地方を巡回中の監察官と面会することに。監察官がワイロを求めていると知り、「そんな金はない」と拒否する劉備。すると監察官はニセの報告書を作って劉備を摘発しようとします。その話を聞いて怒ったのが張飛。酒を飲んでいた彼は、カッと目を見開き、鬼の形相で監察官のもとへ。

「民を苦しめるドロボウめ！」

張飛は監察官を木に縛り、木の枝でバシバシ叩いてしまったのです。その後、逃げ戻った監察官がこの件を報告し、劉備は警察署長の職を失ってしまいます。

張飛

相手が悪くても、怒りに任せて打ちまかしちゃダメだな。こちらが正しい時こそ、正義をふりかざさないよう気をつけないと。うぅ……でも……やっぱりあいつが悪い！

黄巾の乱で活躍した劉備でしたが、正しく評価されず、低い官職（地方の警察署長）しか与えられませんでした。

第3回

189年　油断して暗殺される何進

自信と過信は紙一重。

何進

何進の死因は、過信だった。

黄巾の乱のあと、漢王朝で権力を握ったのが大将軍・何進。彼は皇帝をそそのかす宦官たちを処刑しようと考えます。しかし、何進の妹が反対したため、計画は中途半端で終わることに。やがて優柔不断で自分勝手な何進のもとから、重臣たちは次々と去ってしまいます。

そんなある日、突然妹に呼ばれた何進。不審に思った袁紹たちが「これは宦官の陰謀だから危険です」と止めると、何進は自信満々の表情で

「ワシは天下の権力を握っているから大丈夫」

と言い、無防備なまま妹に会いに行ってしまいます。その結果、彼は待ち構えていた宦官たちに殺されてしまったのです。

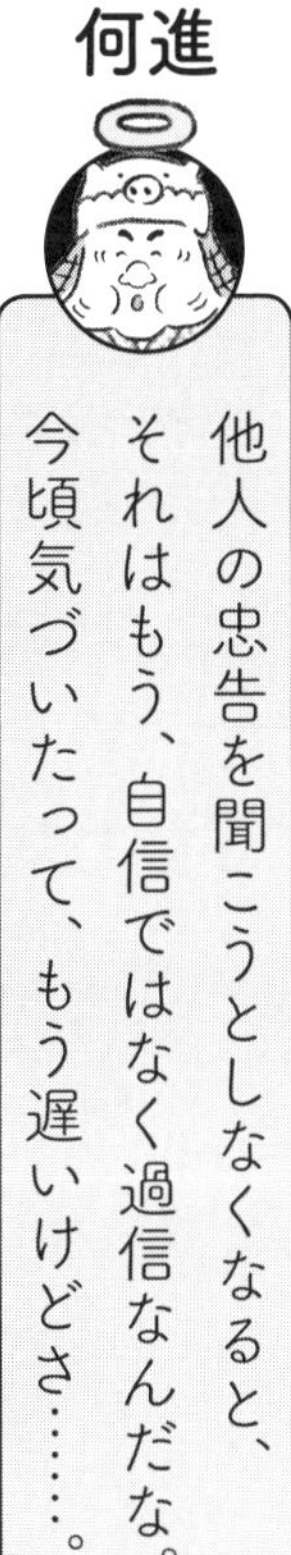

何進
他人の忠告を聞こうとしなくなると、
それはもう、自信ではなく過信なんだな。
今頃気づいたって、もう遅いけどさ……。

 宦官は、王朝に仕える去勢した人。この時代に皇帝を操っていた宦官たちは十常侍（じゅうじょうじ）と呼ばれていました

第4回

189年頃　董卓の暗殺に失敗する曹操

コミュニケーションは、切り返しが99%。

曹操

曹操を救ったのは、とっさに出たウソだった。

大将軍・何進が暗殺されたあと、新たに権力を握ったのが董卓。彼は幼い献帝（皇帝）を新たに即位させ、元皇帝を毒殺してしまいます。自分は最高責任者となってやりたい放題。反抗する者は処刑し、独裁者になろうとしていたのです。

そんな董卓を暗殺しようと立ち上がったのが曹操。彼はある日、背を向けて寝そべる董卓に近づき、持っていた宝刀を振り上げます。しかし、その動きに気づき、「何をしている！」と振り返る董卓。「計画が失敗した」と悟った曹操は、とっさに見事な切り返しを見せます。

「この剣は……董卓様に差し上げたく」

と言って振りかざしていた宝刀を差し出し、なんとかその場を逃れたのです。

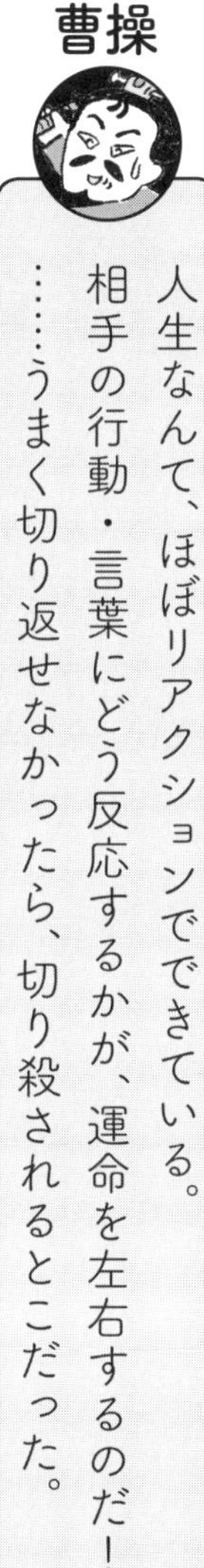

曹操
人生なんて、ほぼリアクションでできている。
相手の行動・言葉にどう反応するかが、運命を左右するのだ！
……うまく切り返せなかったら、切り殺されるとこだった。

この頃、曹操はわざとへりくだった態度で董卓に接していたため、そばに近づけるほど信頼されていました。

第5回

190年　反董卓同盟の結成

言い出しっぺは、損するくらいがちょうどいい。

曹操

曹操は、進んでリーダーの座を譲った。

董卓の暗殺に失敗した曹操は、作戦を変更します。「董卓を倒して人々を救おう」と呼びかけ、反董卓同盟を結成しようと考えたのです。

曹操の呼びかけに賛同したのは、17人の英雄とその配下たち。曹操は彼らを集めて同盟会議を開きます。最初の話題は「リーダーをだれにするか」。すると、曹操はあえて立候補せず、こう言ったのです。

「袁紹殿こそリーダーにふさわしい」

名門出身の袁紹を推薦し、満場一致で決定。こうして袁紹を中心とした反董卓同盟が産声を上げたのです。

曹操

言い出しっぺがリーダーになれば、反感も買いやすい。汗かき役としてみんなを支えて信頼・実績を積むほうが、長期的に見れば得になることが多いものだ。

このあと、劉備の配下・関羽が董卓の配下・華雄（かゆう）を討ち取ります。

第6回

190年 洛陽から長安へ都を移す董卓

結局、似た者同士が集まる。

董卓

董卓に従う人は、董卓みたいな人ばかり。

反董卓同盟に頭を悩ませていた董卓。ある日、配下の李儒が「洛陽から長安に都を移しましょう」と提案します。反董卓同盟の集まる場所から、遠くにある長安に逃げようと言うのです。そのアイデアに董卓は大喜び。「都を移してはダメだ」「住民に負担がかかる」と反対する者を次々と排除して、準備を進めます。出発の前日、李儒が

「洛陽には金持ちが多いから、略奪しましょう」

と言うと、その意見にうなずき、裕福な家を襲って財産を略奪。董卓はさらに洛陽に火をつけ、献帝（皇帝）をむりやり引き連れて長安へ出発します。こうして洛陽は、見るも無残な焼け野原になってしまったのです。

董卓

世の中、いろんな人がいるけれど、結局、自然と自分に似た人が周りに集まるもの。まあ、ワシの周りは極悪非道で快楽主義なヤツばかりだがな！

 曹操は洛陽から逃げた董卓を追撃。逆に返り討ちにあい、捕まるものの、曹洪（そうこう）に救われて命拾いします。

第7回

192年頃　劉表軍に命を奪われる孫堅

イケイケの時こそ、助言に耳を傾けよう。

孫堅

連勝中の孫堅は、「オレ様状態」だった。

董卓が洛陽から逃げてしまうと、反董卓同盟は仲間割れを起こして解散することに。同盟に参加していた孫堅が自国へ帰ろうとすると、その道の途中で劉表軍が止めに入ります。劉表は孫堅を憎む袁紹から、「孫堅の邪魔をしろ」と指示されていたのです。

孫堅はなんとか逃げ切ったものの、これをきっかけに劉表と敵対。後日、孫堅は劉表を攻撃します。勝利を重ねて相手の城を包囲した孫堅軍でしたが、ある日、強風で軍の旗が折れてしまいます。「不吉だからしばらく撤退を」と忠告する配下の韓当に対し、孫堅は

「連勝中のオレが、撤退なんてありえない」

と言い返して戦いを続行。結局、彼は敵の計略にかかって命を落としてしまうのです。

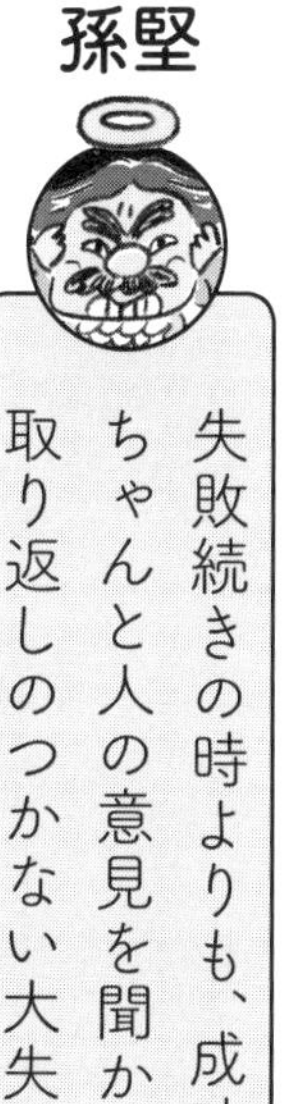

失敗続きの時よりも、成功が続いてる時のほうがマジ危険！ ちゃんと人の意見を聞かないと、調子に乗って取り返しのつかない大失敗をしちゃうぞ、オレみたいに……。

董卓の去った洛陽で孫堅は玉璽（ぎょくじ 皇帝の印）を見つけ、隠し持っていたため、袁紹に恨まれていました。

第8回

192年頃　三角関係になる董卓・呂布・貂蟬

恋をすると、仕事どころじゃなくなる人がいる。

王允

董卓の独裁を止めたのは、恋愛のゴタゴタだった。

反董卓同盟の一員である孫堅の死を知り、大喜びする董卓。彼は弟や親族を要職につけ、ますます独裁色を強めていきました。しかし、董卓の横暴な振る舞いを許さなかった男がいます。献帝（皇帝）の重臣・王允です。彼は董卓と腹心・呂布の仲を悪くしようと考え、実の娘のようにかわいがっていた歌妓（うたひめ）・貂蝉の前で土下座をして言いました。

「董卓、呂布と三角関係になってくれ」

王允は貂蝉を2人に会わせて、三角関係のゴタゴタに巻き込んでしまおうと考えたのです。依頼を引き受けた貂蝉は、うまく董卓と呂布の気を引き、やがて2人は険悪な仲に。この三角関係のもつれが原因で、董卓の独裁政治は揺らぎ出すのです。

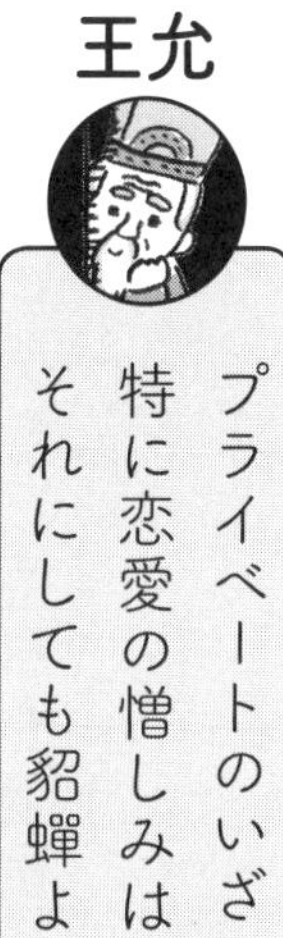

プライベートのいざこざは、必ず仕事に影響するもの。
特に恋愛の憎しみは、本当に怖いものじゃな。
それにしても貂蝉よ……申しわけない。

 呂布は貂蝉と密会しているところを董卓に見つかり、ほこで殺されそうになります。

第9回

192年　董卓を暗殺する呂布

裏切る人は、何度も裏切る。

呂布

呂布にとって裏切りは、いつものことだった。

絶世の美女・貂蟬を好きになり、董卓と奪い合うことになった呂布。彼は貂蟬と結婚したいあまり、主人である董卓の命を奪おうと考えます。過去にも主人を殺したことがある彼にとって、裏切りはあまり後ろめたいことではなかったのです。

「オレはあの老害（董卓）を排除する」

そう決心した呂布は、同じく董卓を憎んでいた王允とともに、暗殺計画を企てることに。ある日、何も知らずに宮殿にやってきた董卓は、王允が手配した兵士に囲まれます。あわてて彼が「呂布よ、助けてくれ！」と叫ぶと、呂布は「悪人め！」と言い放ってほこでグサリ。董卓はあっけなく命を落としてしまうのです。

呂布

人は習慣に支配される生きもの。
怒る人は怒る習慣が、裏切る人は裏切る習慣が身についてるんだ。
だからオレはこれからも怒るし裏切り続けるぜ。

過去に、呂布は董卓から名馬・赤兎馬（せきとば）をもらうことで、義理の父・丁原を裏切っていました。

第10回

優秀な人材を次々と採用する曹操

優れた人は、優れた人を呼ぶ。

曹操

曹操の魅力の半分は、「魅力ある部下」にある。

董卓の死後、曹操は兵力を増強し、広く人材を募集していました。そこにやってきたのが、のちに曹操の右腕となる軍師・荀彧。もともと袁紹に仕えていた彼は、袁紹を見限って身を寄せてきたのです。喜んだ曹操に、荀彧はこう言いました。

「程昱という賢人がいるみたいですよ」

それを聞いて曹操はすぐに程昱を採用。すると、今度は程昱が「郭嘉こそ賢人です」と推薦します。曹操が郭嘉を採用すると、今度は郭嘉が「劉曄という賢人がいます」と推薦し……。こうして荀彧を採用してからは、自分で人材を探す必要がなくなった曹操。彼は配下の推薦者を次々と採用し、優秀な人材を集めることに成功したのです。

曹操

最初に「これは!」と思う優秀な人を採用すれば、あとは自分でいちいち人を探さなくても大丈夫。優秀な人が優秀な人を呼び、自然といい人材が集まるものだ。

 他にもこの時期に、満寵(まんちょう)、于禁(うきん)、典韋(てんい)などが曹操の配下に加わっています。

第11回

194年　曹操軍に勝利する呂布・陳宮

飛躍する人の隣には、優れた補佐役がいる。

陳宮

陳宮の助言があるから、呂布は飛躍した。

董卓の命を奪った呂布は、都を離れて各地を転々としていました。袁術には追い払われ、袁紹には殺されかけ……やっとのことで張邈に受け入れてもらえることに。呂布は張邈の指示を受け、参謀・陳宮を連れて曹操の城に攻め込み、勝利を重ねます。すっかり調子づいた彼は、陳宮に「相手の襲撃に備えましょう」と言われても聞く耳を持ちません。「今日負けたヤツらが攻めてくるはずがない」と言って曹操をみくびる始末。しかし、陳宮は

「曹操は戦術家だから用心するべきです！」

と注意を繰り返します。仕方なく呂布が守りを固めると、陳宮の予想通り曹操が攻めてきたため、呂布は返り討ちに成功。またしても勝利を収めることができたのです。

陳宮

成功者って、本人だけが注目されがちだけど、その人の苦手な部分を補う補佐役の存在もすごく大切。無鉄砲な呂布と警戒心の強い私は、結構いいコンビなのかも。

以前、陳宮は董卓に追われる曹操を救っています。その後、曹操が罪のない人を殺したため、失望して離れました。

第12回

194年頃　許褚を降伏させる曹操

過剰演出で感動を。

曹操

曹操は、自作自演で許褚を降伏させた。

呂布との戦いのあと、黄巾の乱の残党を制圧しはじめた曹操。しかし、その途中で立ちふさがる1人の男が現れます。男が曹操自慢の武将・典韋と互角に戦ったため、「自分の配下にしたい」とほれこむ曹操。そこで彼は翌日、男を落とし穴に落として捕まえたのです。縄に縛られた男が目の前に差し出されると、曹操はあわてて席を立ち、

「なんてことをする!」

と怒り、そばにいた兵士を叱りつけます。そして、みずから男の縄をほどき、新しい服を用意したのです。手厚く迎えられて感動した男は降伏することに。彼の名前は許褚。のちに何度も曹操のピンチを救う猛将は、この時、配下に加わったのです。

曹操

本気でくどきたい時は、「あなたを本当に大切に思っていますよ」という気持ちを、大げさなくらいにアピールするんだ。オレ以外の将軍たちもよく使っていた手法だけどな。

許褚は「牛のしっぽを両手に1頭ずつ持ち、100歩ほど引っ張ったことがある」と話すほど怪力の男でした。

第13回

195年　ひいきをして失脚する李傕

だれをひいきするかで運命は大きく変わる。

李傕

李傕はほうびを与える相手を誤り、権力を失った。

董卓暗殺の混乱後、朝廷で権力を握ったのが元董卓の配下である李傕と郭汜。2人は勝手に高い官位につき、献帝（皇帝）をないがしろにしていました。しかし、女性問題がきっかけで2人の関係は悪化。50日以上も争い続け、多くの戦死者を出し、対立は泥沼化します。この争いの最中、李傕が常に頼りにしていたのが巫女（みこ）による祈祷（きとう）でした。配下が何度も

「巫女ばかりを信じないでください」

と注意しても、聞き入れる気配はありません。それどころか巫女にばかりほうびを与えるため、命をかけて戦っている配下たちの不満は高まるばかり。それが原因で李傕は配下に裏切られ、やがて居場所がなくなり、最後は山賊にまで落ちぶれてしまうことになるのです。

李傕

まさか巫女にほうびをあげたくらいで裏切られるとは……。ひいきする人を間違うと、あっという間にねたみや恨みが蔓延（まんえん）してしまうんだな。

李傕は普段から、太鼓を叩いて神降ろしをする巫女を信じていました。

第14回

196年　徐晃を配下に加える曹操

人づての高評価は、だれでもうれしい。

満寵

伝聞形式の説得で、満寵は徐晃をくどいた。

混乱が続く中、献帝（皇帝）を救い出して権力を握ったのが曹操。彼は都を洛陽から許都へ移すことを決定します。しかし、献帝を連れて出発すると、行く手をふさぐ一軍が。その最前列で「どこへ行く！」と叫んでいたのが徐晃。彼は曹操の配下・許褚と互角に戦い、曹操を感心させます。「徐晃を配下にしたい」と考えた曹操は、徐晃と付き合いのある満寵を密かに送り込むことに。満寵は徐晃に会うと、

「曹操様は今日の戦いを見て、君にほれこんでいたよ」

と告げ、「それでわざわざ私を送り込んで、君を迎え入れようとしているんだ」と説得。その言葉に気を良くした徐晃は、曹操に仕えることを決意したのです。その後、徐晃を失った一軍は曹操に蹴散らされてしまいます。

満寵

「○○さんが君をほめていたよ」って言われるとうれしいだろう？直接ほめるより、人づてにほめたほうが効果的なこともあるよ。

董卓時代から長安が都となっていましたが、この時期は洛陽に戻っていました。

第15回

太史慈を配下に加える孫策

気に入ったら、まずは信じる。

孫策

敵陣に一度帰らせてください、
戻ってくるから
オッケー
孫策
太史慈
逃げちゃいますよ・・・

孫策の魅力は、武力より「信じる力」かもしれない。

曹操が勢いを増していた頃、亡き孫堅の息子・孫策は劉繇の討伐に向かいます。戦いの途中、彼は劉繇の配下・太史慈と一騎打ちをすることに。しかし、武力が自慢の孫策と太史慈は互角に戦い、勝負がつきません。そこで陣に戻った孫策は後日、伏兵を準備して太史慈を捕まえることに成功します。降伏した太史慈のために宴会を開くと、「解放してくれたら、劉繇の残党を集めてここに戻ります」と言う太史慈。周りのだれもが信用しない中、孫策は

「明日の昼までに戻ってくるならいいよ」

と言って彼を解放することに。すると翌日の昼、千人ほど引き連れて太史慈は約束通り戻ってきたのです。このあと、孫策は劉繇を倒してさらに勢力を広げていきます。

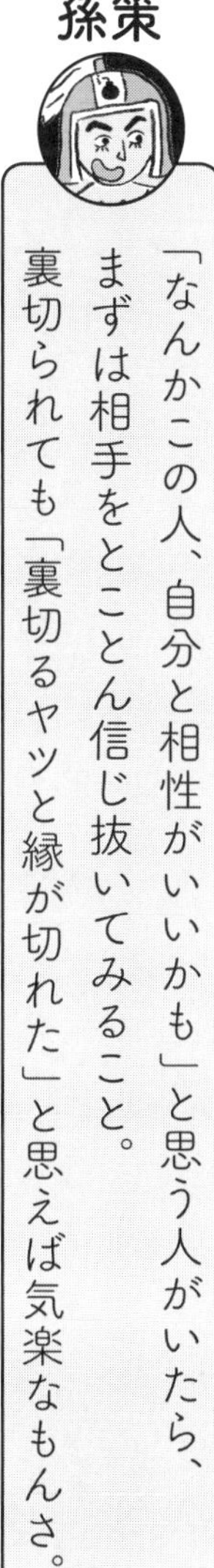

孫策
「なんかこの人、自分と相性がいいかも」と思う人がいたら、まずは相手をとことん信じ抜いてみること。裏切られても「裏切るヤツと縁が切れた」と思えば気楽なもんさ。

孫策は父・孫堅が持っていた玉璽を担保として袁術に渡す代わりに、袁術から兵を借りていました。

第16回

196年　劉備を受け入れる曹操

だれだって、表と裏の顔がある。

曹操

曹操の笑顔を、そのまま信じてはいけない。

ある日、曹操のもとに劉備がやってきます。彼は呂布に追われ、帰る場所がなくなって逃げてきたのです。曹操は「力を合わせて呂布を倒そう」と、劉備を快く迎え入れ、宴会を開いてもてなします。しかしそれはあくまで表の顔。参謀・荀彧から「劉備は英雄だから、今のうちに始末するべきです」と助言されると悩みはじめ、郭嘉に

「荀彧は『劉備を殺せ』と言うんだけれど、どう思う？」

と相談します。すると郭嘉は「劉備は英雄だから、殺してしまうと世の信用を失います」と答えたため、曹操は受け入れることを決意。彼は劉備を笑顔で迎え入れながらも、裏では殺すかどうかを配下と真剣に協議していたのです。

曹操

だれだって相手の見えないところでいろいろ考えているもの。むしろ二面性のない人のほうが信用できないと思うぞ、オレは。

 荀彧や郭嘉に相談した翌日、曹操は程昱から「劉備を始末するべき」と言われるも、聞き入れませんでした。

第17回

197年　配下に責任を負わせる曹操

優れたリーダーほど、時にサラッと非情な決断をする。

曹操

曹操は、勝つためなら配下の命も差し出す男。

劉備が曹操のもとへ逃げてきた翌年、袁術が勝手に「自分が皇帝だ」と名乗り出します。そこで曹操は17万の兵を率いて、袁術を攻めることに。しかし、兵士が多い分、食糧の消費も膨大。戦いが長引き出すと、曹操は食糧担当官に「1人あたりの食糧を減らせ」と命じます。やがて兵士が不満を抱きはじめると、曹操は食糧担当官を再び呼んでこう告げたのです。

「悪いが、おまえの首をくれ」

あわてて「私は悪くない！」と反論する食糧担当官に、「大丈夫、家族のことは心配するな」と答えて首を切る曹操。その首をさらし、「食糧をごまかした罪で処刑した」という立て札を立てます。こうして曹操は兵士の不満を解消し、総攻撃を開始。城を攻め落としたのです。

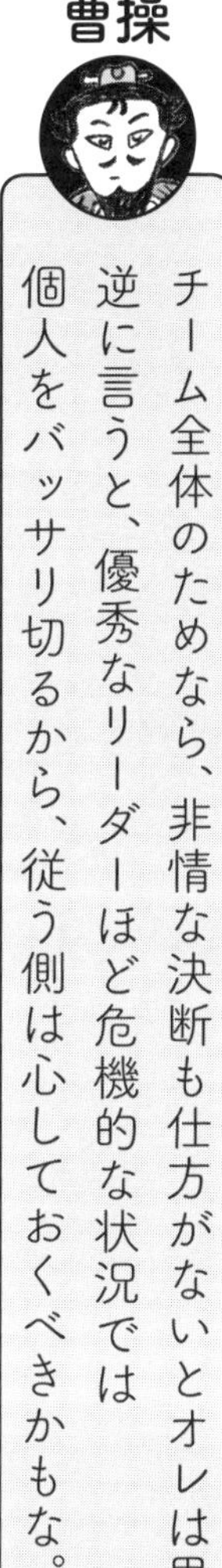

曹操
チーム全体のためなら、非情な決断も仕方がないとオレは思う。逆に言うと、優秀なリーダーほど危機的な状況では個人をバッサリ切るから、従う側は心しておくべきかもな。

 食糧を減らす際、食糧担当官が「兵士から不満が出る」と言うと、曹操は「オレには考えがある」と言っていました。

第18回

198年頃　曹操をほめる郭嘉

ほめるなら、できる限り具体的に。

郭嘉

曹操様って人を見る目があるから自然と優秀な人が集まりますよね。決断もずば抜けて早いから優柔不断な袁紹なんか敵じゃないですよ。しかも「ここぞ」という時はビシッと厳しいことを言うから統率力もハンパないし。ゼッタイ女性にモテますよね？よく見たらスッと切れ長の目がセクシーで長いおひげもチャーミングで・・・

曹操をほめることで、郭嘉は自分の意見を通した。

ある日、曹操は袁紹から「米と兵士を貸してくれ」という傲慢な手紙を受け取ります。袁紹は自分より巨大な勢力。どうするか悩んでいると、参謀・郭嘉が「曹操様には袁紹より優れた点が10個あります」と言い、具体的に説明しはじめます。

「袁紹は面倒な礼儀や形式にうるさいヤツですが、曹操様は形にこだわりません。袁紹は疑い深く身内ばかりで周りを固めていますが、曹操様は才能のみを基準に人を採用しています。袁紹は……」

郭嘉が話し終わると、**曹操は10個も自分の長所を聞いて大喜び。**

満足そうな曹操に郭嘉は、「まずは呂布、次に袁紹を倒しましょう」と自分の考えを提案。曹操はうなずき、袁紹には「喜んで援助する」と返答し、先に呂布を倒そうと決断したのです。

郭嘉

「ほめ言葉は細部に宿る」と覚えておこう。相手の機嫌がよくなれば、自分の意見も通しやすくなるよ、たぶん。

この時、郭嘉は曹操に「先に袁紹を攻めてしまうと、必ずその隙を突いて呂布が攻めてくる」と警告しています。

第19回

198年　曹操に処刑される呂布

相手の態度は、過去の自分の鏡。

呂布

呂布の裏切り人生は、裏切られて幕を閉じた。

曹操に攻め込まれた呂布の人生は、大きく暗転します。配下にだまされ城を失い続け、援軍を頼んだ袁術には「あなたは信用できない」と言われ……最後に残った城で酒浸りの日々を送る始末。

ある日、「もう酒はやめよう」と考えた呂布は、城内に禁酒令を出します。しかし、配下の侯成（こうせい）が宴会を開こうとしたため、棒でめった打ちに。それを恨んだ侯成は裏切り、仲間と協力して呂布を縛り上げて曹操に差し出したのです。曹操の前で、「私を配下にしてください」とこびる呂布。曹操が劉備に「どうする？」と聞くと、呂布に何度も裏切られていた劉備は、

「丁原も董卓も、呂布に裏切られていますよね？」

と一言。その言葉の意味を察した曹操は、呂布を処刑することに決めたのです。

呂布

困った時は人を裏切ってその場を切り抜けてきたけど、結局いつかはその報いが自分に返ってくるんだな……。

 関羽や劉備が「呂布の配下・張遼（ちょうりょう）は忠義者」と言ったこともあり、張遼は曹操に仕えることになります。

第20回

199年頃　献帝や曹操と狩りに出かける劉備

人生の8割は、我慢と苦悩でできている。

劉備

曹操の無礼な行動を、劉備は必死でスルーした。

ある日、献帝（皇帝）と曹操は配下たちを連れて狩りに出かけることに。劉備も2人に同行します。狩りの途中、献帝の矢を借りた曹操が鹿に向けて放つと見事に命中。倒れた鹿の背中に刺さる矢を見て、朝廷の官僚たちは歓声を上げます。豪華に飾られた矢を見て、献帝がしとめたと勘違いしたからです。

ここで事件が起こります。官僚たちが万歳を唱える中、なんと曹操が献帝の前に出て歓声に応えたのです。この無礼な振る舞いに激怒したのが劉備の配下・関羽。曹操に切りかかろうとする彼を、**劉備は必死で止めることに。**

その後、劉備は曹操に笑って頭を下げ、弓の技術をほめたたえ、なんとかその場を穏便に済ませたのです。

劉備

「我慢」を前提に生きていく、これがぼくのモットー。小さなことにいちいち腹を立てて歯向かっちゃうと、必ずすぐにつぶされちゃうし、自分の心も持たないからね。

この時、関羽は劉備に「今日、あの悪党（曹操）を殺さねば、あとで災難が起こる」と警告しています。

第21回

199年頃　雷を怖がるふりをする劉備

あえてみくびられる。これも世を生き抜く戦略の1つです。

劉備

高評価を避けるため、劉備は雷を怖がった。

曹操のもとに身を寄せていた劉備は、ある日、曹操から宴会に誘われます。2人で飲んでいると、「だれが英雄か」という話題に。劉備が袁術、袁紹、劉表、孫策などの名前を挙げても、曹操は次々と否定します。そこで劉備が「もう心当たりがありません」と言うと、曹操は「君と私だ」と宣言したのです。それを聞き、驚いて思わず箸（はし）を落とす劉備。同時に外ではピシャーンと雷鳴が。「実力者だと思われ、警戒されてはまずい」と思った劉備は、とっさに

「雷だ！ 怖い！」

とウソをつき、もぞもぞと箸を拾い上げます。その情けない様子を見た曹操は冷たく笑い、劉備を臆病者と見なすようになったのです。

劉備

相手に警戒されていたら、あえて弱いふりをしてみたり……。そうやって油断させておいて、その間にいろいろ進めると、だれにもじゃまされずに実力を蓄えられるかもよ。

 この時、曹操は袁術を「墓場の骨」、袁紹を「うわべばかりで肝が小さく、決断力がない」と酷評しています。

第22回

199年頃　出兵するか迷う袁紹

リーダーに不向きなのは、間違う人より迷う人。

袁紹

袁紹は、意見をまとめて結論に導く……のが苦手。

独立を考え、曹操のもとを去った劉備は、曹操から命を狙われることに。そこで劉備が袁紹に助けを求めると、袁紹は会議を開いて配下に意見を求めます。田豊が「助ける必要はない」と言うと、審配は「いや、今こそ曹操を倒すべきだ」と反論。沮授が「田豊殿の言う通り出兵しないほうがいい」と言うと、「劉備と協力して逆賊・曹操を滅ぼそう」と言い返す郭図。決断力のない袁紹は、意見をまとめられません。すると別の2人の配下がやってきたため、袁紹は

「ちょっとこの2人に聞いてみよう」

と言い、意見を聞くことに。2人が曹操討伐に賛成の意見を言うと、袁紹は「ワシの意見と同じだ」と一言。こうしてようやく、彼は出兵することを決めたのです。

袁紹

リーダーの仕事は「正解に導くこと」より、「チームの意見を1つにまとめること」らしいけど、……そう言われてもやっぱり迷っちゃうよね。

このあと、袁紹と曹操はどちらも出兵したものの、互いににらみあったままで戦わずに終わります。

第23回

200年　曹操暗殺に失敗する董承

大きな仕事ほど、小さな関係を大切に。

董承

ある召使いの憎しみが、曹操の命を救った。

献帝（皇帝）は、日頃から曹操の無礼な振る舞いに頭を悩ませていました。そこで、彼はこっそりと将軍・董承に曹操討伐を命令します。

しばらくしたある日、董承が名医・吉平（きっぺい）に相談すると、吉平は「曹操は頭痛になると、いつも私に治療させるから、その時に毒薬を飲ませよう」と提案。暗殺方法が決まり、董承は喜んで吉平と別れます。そして奥座敷に戻ろうとしたその時、彼は暗がりでヒソヒソ話をしている自分の妾（めかけ）と召使いの男を発見。怒った董承は、妾と召使いを棒で40回ずつ叩いてしまいます。すると、それを**恨んだ召使いは、家を出てなんと曹操のもとへ。**そこで董承の計画を曹操にばらしてしまったのです。結局、董承と吉平は曹操に処刑されてしまいます。

董承

オレは召使いとの小さなトラブルによって、曹操討伐という大きな目標の実現に失敗したわけさ。普段から召使いとしっかり信頼関係を築いておけばなぁ……。

 曹操討伐の連判状には、馬騰（ばとう）や劉備も署名していました。

第24回

200年　袁紹のもとに逃げ込む劉備

思っていないこともさらりと言う「割り切り力」を。

劉備

袁紹（えんしょう）

劉備（りゅうび）

劉備は、恨みや不満を態度に出さない。

董承による暗殺計画を未然に防いだ曹操。彼は計画に賛同していた劉備を倒そうと、20万の大軍で攻め込みます。「かなわない」と考えた劉備は袁紹に救援を依頼。しかし、袁紹は「今は病気の息子が心配だから無理」と拒否。孤立無援の劉備は大敗し、関羽や張飛とも離れ離れになってしまいます。そこで彼は仕方なく、1人で袁紹のもとへ逃げていったのです。命からがらたどり着いた劉備を迎える袁紹。劉備が平身低頭で感謝すると、袁紹は「先日は助けられずに申しわけない」と謝ります。すると劉備は彼を責めることなく、

「袁紹殿にずっとお会いしたいと思っていました」

と返答。こうして袁紹に歓迎された劉備は、彼のもとで暮らすことになったのです。

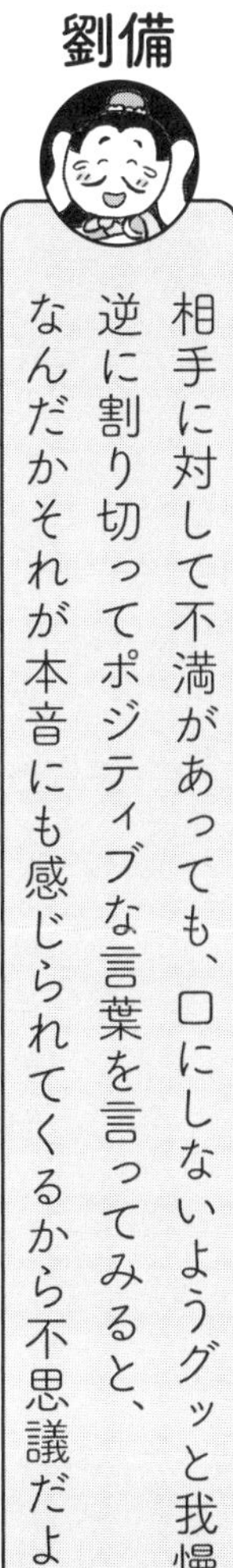

劉備
相手に対して不満があっても、口にしないようグッと我慢！
逆に割り切ってポジティブな言葉を言ってみると、
なんだかそれが本音にも感じられてくるから不思議だよね。

 病気だった息子とは袁尚（えんしょう）のこと。のちに長男・袁譚（えんたん）と後継者争いをする袁紹の末っ子です。

第25回

2000年　曹操のもとに身を寄せる関羽

条件提示は、事前に&具体的に。

関羽

関羽と「言った言わない問題」は無縁だった。

曹操が攻めてきた時、関羽は劉備の家族を守って城にたてこもっていました。しかし、敵の計略にはまって城を失うことに。そんな彼のもとへ、曹操の配下・張遼が降伏の説得にやってきます。そこで関羽は、降伏するに当たって3つの条件を提示します。

・降伏するのは、曹操に対してではなく、皇帝に対してであること。
・劉備の家族を大切にすること。
・劉備の居場所が分かり次第、自分（関羽）が曹操のもとから立ち去るのを許可すること。

張遼が「その条件を受け入れる」と言うと、関羽は曹操のもとへ。面会した曹操にも、

「3つの条件付きですよ」

と確認した上で、やっと降伏したのです。

関羽

あとでもめないために、条件は必ず最初にはっきりと伝えること。自分の人生は自分で守るのだ。

 曹操は関羽がやってきて大喜び。呂布が乗っていた名馬・赤兎馬を関羽に与えます。

第26回

200年　袁紹に否定される沮授

否定が続くと、だれでも腐る。

沮授

袁紹が失ったのは、猛将2人だけではなかった。

袁紹のもとに劉備が身を寄せ、曹操のもとで関羽が暮らし出すと、袁紹と曹操が本格的に戦争を始めます。その最中、「先鋒・顔良が関羽に切られた」という報告を沮授から受けた袁紹は、劉備に対して「おまえを生かしてはおけない」と激怒。しかし、劉備に「関羽に似ている人はたくさんいる」と言われるとあっさり納得し、逆に沮授を叱ります。

その後、袁紹は顔良の敵討ちとして文醜に「10万の兵を率いて攻めろ」と命令。沮授が「軽々しく攻めてはダメです」と言うと、袁紹は再び怒って「軍の士気を下げるな!」と一喝します。すると、**沮授はやる気を失い、会議に出なくなったのです。**

結局、文醜も関羽に切られてしまうことに。袁紹は顔良・文醜だけでなく、貴重な助言役であった沮授も失い、自分で自分を不利な状況に追い込んでしまったのです。

沮授

ダメな人ってたいてい、「否定」が下手なんだよね。相手が「次もがんばろう」って思える言い方をしたほうが、絶対お互いにメリットがあるのにさ……。

以前、袁紹が顔良を先鋒に任命した際、沮授は「顔良に任すのは危険」と忠告。この時も却下されていました。

第27回

2000年　関羽を見送る曹操

大切なのは、「出会い方」より「別れ方」。

曹操

曹操は、気まずい別れが嫌いだった。

曹操のもとで暮らしていた関羽は、ある日「劉備が袁紹のもとにいる」と知らされます。もともと「劉備の居場所が分かり次第、立ち去る」という条件で曹操に身を寄せていた関羽。彼は劉備のもとへ行く前に、別れのあいさつをしようと曹操を訪ねます。しかし、何度訪ねても「面会謝絶」の札があって会えません。曹操は関羽が立ち去ろうとしているのに気づき、面会を避けていたのです。仕方なく関羽は、曹操からもらった宝物を全て置き、曹操宛の手紙を人に渡して出発することに。それを知った曹操は後悔して、こう言います。

「やっぱりちゃんと見送りたい」

こうして関羽に追いついた曹操は笑顔で言葉を交わし、最後は気持ちよく別れたのです。

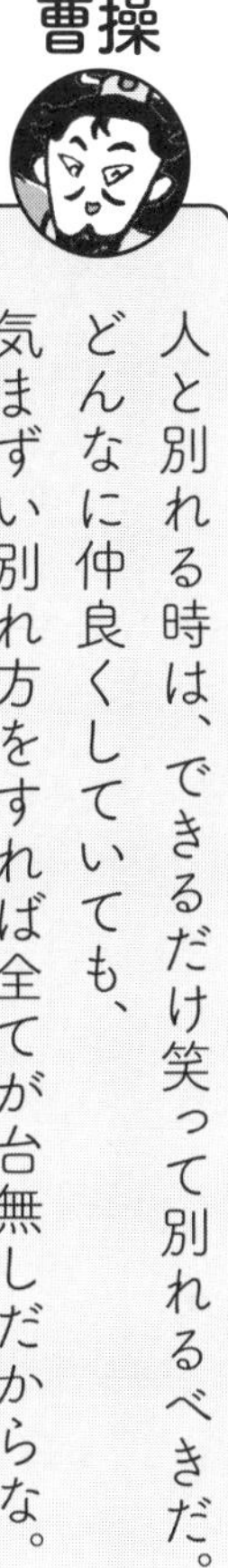

曹操
人と別れる時は、できるだけ笑って別れるべきだ。
どんなに仲良くしていても、
気まずい別れ方をすれば全てが台無しだからな。

この時期、ひげが腹の下まである関羽に会った献帝は、「まことの美髯公（びぜんこう）だ」とほめています。

第28回

200年　関羽の暴走を許す曹操

「許す」と決めたら、とことん許そう。

曹操

曹操には、「許しきる覚悟」がある。

曹操と別れ、劉備のもとへ向かう関羽。しかし、彼は通行手形を持っていないため、関所に着くたびに「通せ」「通せない」と争うことに。結局、5つの関所で6人の武将を切ってしまいます。それを知って怒ったのが曹操の配下・夏侯惇（かこうとん）。彼は関羽を追いかけ、襲いかかります。2人が一騎打ちを始めると、「やめろ！」と止めに入る曹操の配下・張遼。彼は

「曹操様は、関所破りも武将殺しも許している」

と告げ、「夏侯惇殿も曹操様のお気持ちを察してください」となだめます。すると夏侯惇は悔しそうに引き上げ、関羽は無事、劉備のもとへ向かうことに。関羽はいつまでもこの恩を忘れず、それがのちに曹操の命を救うことになるのです。

曹操

一度劉備のもとへ帰ることを許したんだから、捕まえて関係を悪化させるより、許して貸しを作るほうがましだ。……本当はのどから手が出るほど、関羽を配下にしたいんだけどな！

関羽が劉備と再会できたのは、劉備の配下・孫乾（そんけん）が2人の間を行き来して連絡し続けたからでした。

第29回

200年　于吉を嫌う孫策

「なんか嫌いな人」に執着すると、傷つくのは結局自分。

孫策

于吉（うきつ）

張昭（ちょうしょう）

孫策（そんさく）

嫌いな人にこだわり続け、孫策は破滅した。

関羽がまだ曹操のもとにいた頃、江東を治める孫策が酒を飲んでいると、道を歩く仙人のような男を見つけます。人々が彼に向かってひれ伏すのを見た孫策は、急に不機嫌になり、

「なんだあいつは、捕まえろ」

と配下に命令。しかし、「彼は于吉様と言い、どんな病気も治すお方。乱暴はできません」と言う配下たち。短気な孫策はますます怒り、むりやり于吉を監禁することに。さらに後日、「日照りが続いているから雨を降らせろ」と無理難題を押しつけます。于吉は雨を降らすも、どうしても彼が気に入らない孫策は強引に処刑を執行。すると、その翌日から于吉の亡霊に悩まされ、気が狂って重体となり、26歳の若さで亡くなってしまうのです。

孫策

「この人、なんかムカつく」と思った時は、いったん好きなことでも考えて気持ちをリセットするべきだな。ネガティブな感情にとらわれると身を滅ぼすぞ、オレみたいに。

 江東は中国の南東にある地域です。

第30回

200年　官渡の戦い

他人のあやまちをとがめない勇気を持とう。

曹操

曹操の特技は、人の気持ちを想像すること。

孫策が亡くなった頃、曹操と袁紹が本格的にぶつかります。曹操軍7万に対して袁紹軍は70万。袁紹の圧倒的有利かと思いきや、袁紹は参謀・許攸（きょゆう）に裏切られ、さらに張郃（ちょうこう）・高覧（こうらん）の2将軍も曹操に寝返り、負けを重ねて窮地に追い込まれることに。やがて本陣を捨てて逃げ出す袁紹。その時、彼に従っていた兵はわずか800人ほどでした。

一方、大勝利を収めた曹操は袁紹の本陣で、自分の配下たちが袁紹に送っていた裏切りの手紙を発見。しかし「袁紹の大軍の前では、オレでさえ危なかったし……」と言い、続けて

「配下が裏切ろうとしていたのは仕方ない」

と一言。こうして曹操は手紙の送り主を処罰するどころか、手紙を見ずに焼き捨てたのです。

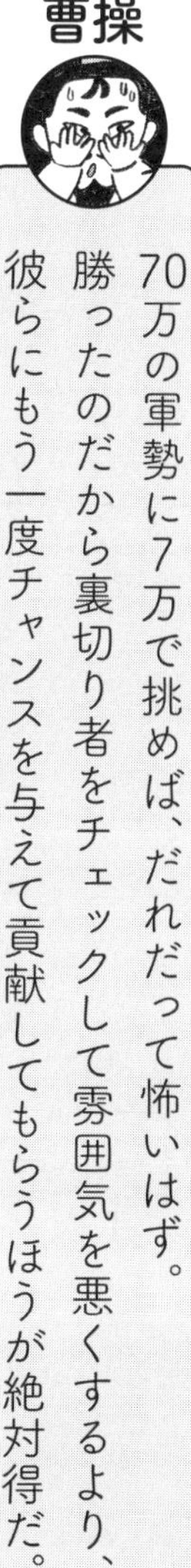

曹操
70万の軍勢に7万で挑めば、だれだって怖いはず。勝ったのだから裏切り者をチェックして雰囲気を悪くするより、彼らにもう一度チャンスを与えて貢献してもらうほうが絶対得だ。

許攸はもともと曹操の友人でしたが、袁紹の参謀になっていました。

第31回

200年頃　後継者を決めきれない袁紹

危険なのは、派閥が多い時より派閥が2つの時。

袁紹

袁紹家の崩壊は、2つの派閥対立から始まった。

曹操に大敗し、逃げ戻った袁紹。妻から後継者を決めるようすすめられた彼は、配下に相談することに。しかし、長男・袁譚派と、末っ子・袁尚派が対立して意見がまとまりません。そこで袁紹は「袁譚は長男だが荒っぽい。次男の袁煕(えんき)は弱々しい。末っ子の袁尚は風格も人を見る目もある。袁尚を後継者にしようと思うのだが……」と提案。彼は日頃かわいがっていた袁尚を後継者にしたかったのです。しかし、袁譚派の郭図が「長男を無視して末っ子を後継者にしたら、国が混乱してしまいます」と反論。袁紹は悩んで決めきれず、後継者問題を先送りにしてしまいます。

結局、**袁譚派と袁尚派の対立だけが表面化**することに。さらに曹操との戦争にも再度敗れ、袁紹は寝込んでしまうのです。

袁紹

派閥が2つに絞られると、ガチンコで対立しちゃうんだね。いろんな派閥が乱立してるほうが、まだましなんだろうなぁ。「どっち派」とか「○×」とか、みんなホント対立構造が好きだね。

 袁紹が特にかわいがっていた袁尚は、容姿も優れていました。

第32回

203年　後継者争いをする袁譚・袁尚

相手の内輪もめは、攻め時ではなく見守り時かも。

郭嘉

敵の内部対立を、郭嘉はあえて見守った。

202年、病気で寝込んでいた袁紹が亡くなります。死の直前、彼の妻が「後継者は袁尚でいいですね？」と聞き、袁紹がうなずいたため、末っ子・袁尚が実権をにぎることに。長男・袁譚はこれに怒り、袁尚との対立がさらに深刻化。しかし、曹操に攻め込まれると、2人はいったん協力して守備を固めます。一方、城を攻め落とせず悩む曹操に、配下の郭嘉は

「こちらが攻めるから、2人は協力するのです」

と言い、いったん退却することを提案。曹操軍が引きあげると、袁譚・袁尚は共通の敵である曹操がいなくなったため、再び争いはじめてしまいます。こうして袁一族は分裂し、郭嘉の思い通りとなったのです。

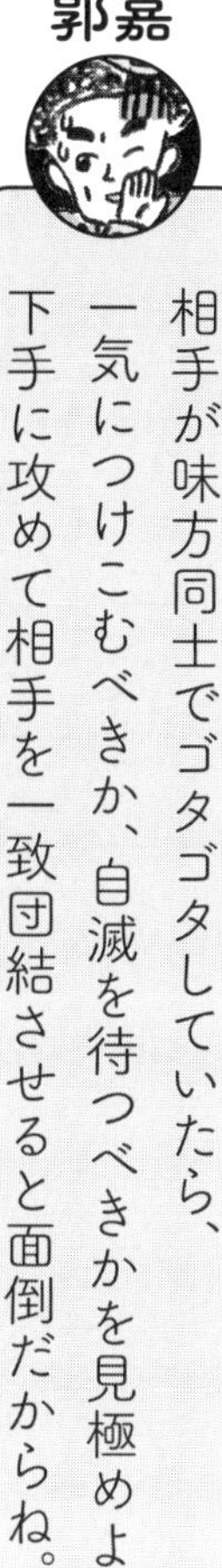

郭嘉
相手が味方同士でゴタゴタしていたら、
一気につけこむべきか、自滅を待つべきかを見極めよう。
下手に攻めて相手を一致団結させると面倒だからね。

曹操軍が引きあげると袁譚・袁尚は喜び合ったものの、袁譚が袁尚の暗殺を計画したことで再び争いはじめました。

第33回

207年　袁一族を滅ぼす曹操

時には反対意見に「ありがとう」を。

曹操

えっ

ど、どーも・・・

これからもよろしく

ペコリ

反対してくれて
ありがとう

THANK YOU!

THANK YOU!

曹操（そうそう）

曹操は、正しい反対意見に感謝した。

袁一族を滅ぼすため、曹操はまず長男・袁譚を討ち取ります。末っ子・袁尚は東へ逃げていたため、曹操は東への遠征を決断。配下たちから「遠征中に劉備・劉表が攻めてきたら危険です」と反対されても、曹操は遠征に向かいます。

途中、激しい風と険しい砂漠に苦戦し、一時は撤退を考えるも、なんとかこらえて勝利。袁尚はさらに東の奥地へと逃げ去ります。一方の曹操軍も食糧が尽きかけ、帰る際は馬を食べて耐えしのぐほどの難しい遠征でした。

そのため曹操は、戻ってから、**遠征に反対した配下たちに恩賞を与え、**「今回の遠征は運良く勝って戻ることができたが、君たちの意見が正しかった。これからもためらわずに意見を言ってほしい」と感謝の言葉を伝えたのです。

曹操

「反対意見が優れていた」と気づいたら、すぐに、素直に、その気持ちを伝えよう。反対意見を感謝されて、嫌な気分になる人はいないはずだ。

このあと袁尚は、次男・袁熙とともに東の地で公孫康（こうそんこう）に処刑されてしまいます。

第34回

207年　劉表の判断ミスを責めない劉備

「ほら言ったでしょ」は、絶対禁句。

劉備

劉備は劉表の判断ミスを責めず、評価を上げた。

曹操が遠征に出る頃のこと。劉表のもとにいた劉備は、「曹操は全軍を率いて遠征に出ていて、都はガラ空きです。今、都を攻めれば天下を取れますよ！」と提案します。しかし、劉表は「私は今の土地があればそれで十分だ。他人の土地に手を出すことはない」と拒否。劉備はそれ以上説得できず、黙り込んでしまいました。

やがて冬になると、遠征を終えて都に戻った曹操。劉表が「曹操は勢いづいているから、きっとこちらに攻めてくるだろう。以前あなたが言っていたように、曹操を攻めていればよかった」と嘆くと、劉備は、「今の世の中、争いは絶えません。つまり、機会はいつでもあるから大丈夫ですよ」と言い、**過去には触れず、劉表を励まします。**すっかり劉備を信頼した劉表は、このあと自分の後継者問題なども彼に相談するようになるのです。

劉備

「自分の言う通りにやればよかったのに」って思った時、その不満を言っちゃうかこらえるかで、人間関係は結構変わるよ。

この時期、戦から遠ざかっていた劉備は太った自分のももを見て、「このまま何も達成せずに老いるのか」と嘆きます。

第35回

207年　徐庶を配下にする劉備

人との出会いは「運」と「縁」。

劉備

劉備が徐庶に声をかけたのは、人違いからだった。

劉備はある日、隠者・司馬徽（しばき）に「あなたの配下は将軍だけで、軍師がいない」と指摘されます。劉備が「私も探しているのですが……」と言うと、「伏龍（ふくりょう）か鳳雛（ほうすう）のどちらかを得れば天下を治められる」と答える司馬徽。しかし、伏龍と鳳雛がだれなのかを聞いても「よい、よい」と言うだけで教えてくれません。

司馬徽と別れた劉備は、町で歌い歩く1人の男を見つけます。直感で「この人は司馬徽が言っていた伏龍か鳳雛かもしれない」と思い、声をかける劉備。彼は徐庶と言い、劉表に仕えるのをやめ、手紙を置いて立ち去ってきたところでした。徐庶と意気投合した劉備は、彼を軍師にすることに。

この**徐庶との出会いが、やがて伏龍と出会うきっかけに**なるのです。

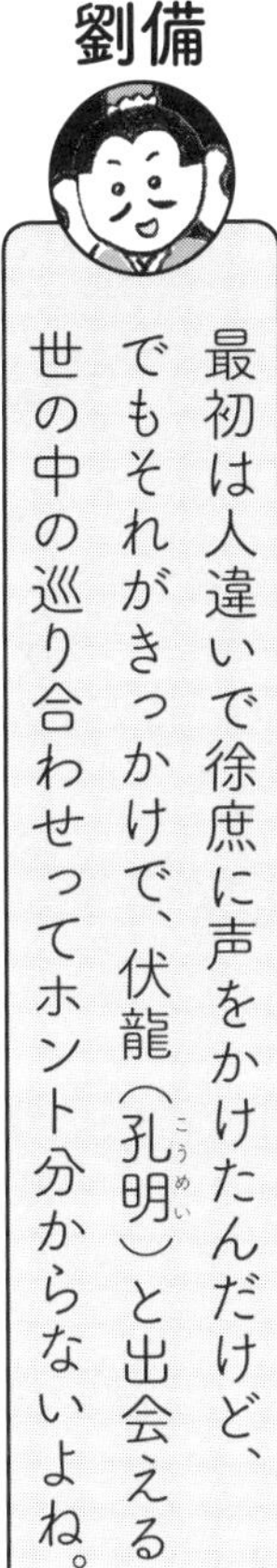

劉備
最初は人違いで徐庶に声をかけたんだけど、でもそれがきっかけで、伏龍（孔明（こうめい））と出会えるんだから、世の中の巡り合わせってホント分からないよね。

この時、徐庶は役人に捕まったことのある身であったため、本名ではなく「単福（ぜんふく）」と名乗っています。

第36回

207年　曹仁の軍に勝利する劉備

「知らない」と言えるキャラは強い。

劉備

劉備が愛されキャラなのは、こういうところかも。

徐庶を軍師として迎え入れた劉備。そんなある日、曹操の配下・曹仁が2万5千の兵を率いて攻め込んできます。曹仁が陣形を整える様子を、遠くからながめる徐庶。そして劉備に「劉備様はあの陣形をご存知ですか？」とたずねます。すると劉備は一言、

「知らない」

と返したのです。それを聞いた徐庶は「あれは『八門金鎖(はちもんきんさ)の陣』です」と言い、どこから攻めれば勝てるかをていねいに説明。劉備は徐庶の言う通りに配下に指示し、少ない兵で曹仁軍に大勝利を収めることになるのです。

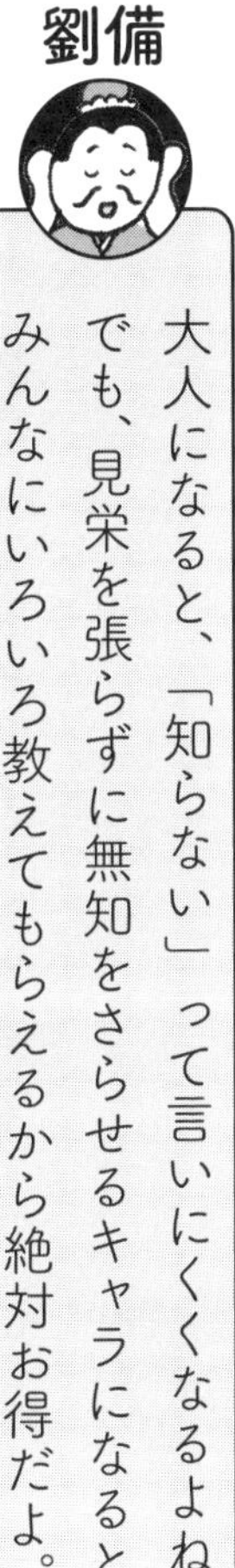

劉備
大人になると、「知らない」って言いにくくなるよね。
でも、見栄を張らずに無知をさらせるキャラになると、
みんなにいろいろ教えてもらえるから絶対お得だよ。

この時期、劉備は劉封（りゅうほう）を養子にしています。しかし、関羽は「必要ない」と反対していました。

第37回

207年頃　孔明の友人に会う劉備

異論があっても、一言目から否定はNG。

劉備

反対意見を言われた劉備は、まず受け入れた。

曹操にだまされ、劉備と別れることになった徐庶。彼は劉備に「孔明」という男の居場所を伝えて去っていきます。その孔明こそ、司馬徽が推薦していた「伏龍」のことだったのです。さっそく劉備が孔明に会いに行くと、残念ながら留守。その帰り道、孔明の友人・崔州平に出会います。劉備が「孔明といっしょに天下を治めたい」と言うと、「平和な時代は終わり、今は乱世だから、孔明がいても平和にはならない」と語る崔州平。すると劉備は反論せずに、

「先生のおっしゃる通りです」

と一言。それから「しかし、世の流れに逆らっても私は平和を取り戻したい」と自分の思いを伝えます。こうして穏便に崔州平と別れた彼は、再び孔明を訪ねる機会をうかがうのです。

劉備

相手の意見を一言目から否定すると、ムダに対立しちゃうことも。一言目は相手の意見を受け入れ、それから自分の意見を言うと、お互い気分を損ねずに会話が進められると思うよ。

徐庶は母から「曹操に降伏して」という手紙を受け取り、曹操のもとへ。しかしこれは曹操によるニセの手紙でした。

第38回

208年　三顧(さんこ)の礼

お願いごとは、徹底的に誠意を見せよう。

劉備

何時間でも立って待つ。劉備の誠意は本物だった。

孔明に軍師になってもらうため、わざわざ2回も彼を訪ねた劉備。しかし、どちらも孔明は不在でした。「もう行く必要はない」「孔明がこちらを訪問するべきだ」と不満をもらす関羽と張飛。しかし、彼らの言うことを聞かず、劉備は3回目の訪問を決意します。彼が関羽と張飛を連れて会いに行くと、「孔明様は今、昼寝をしています」と言う召使い。そこで劉備は、庭に立って孔明が起きるのを待つことに。その間、しびれを切らして家に火をつけようとする張飛をなだめる関羽。寝返りをして起きそうになるも、奥のほうを向いて二度寝してしまう孔明。申しわけなく思った召使いが起こそうとするのを劉備は止め、そのまま**立ちっぱなしでさらに2時間も待ち続けます。**やがて目が覚めた孔明は、劉備の誠意に心を打たれ、彼の軍師になることを決心するのです。

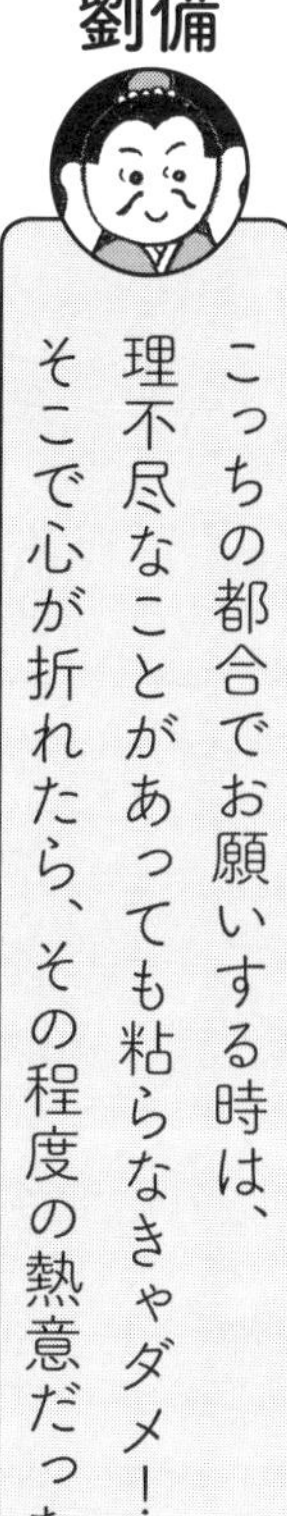

劉備
こっちの都合でお願いする時は、理不尽なことがあっても粘らなきゃダメ！ そこで心が折れたら、その程度の熱意だったと思われちゃうよ。

 劉備と面会した孔明は、まずは「天下を3つに分けて、それから統一を狙うべきだ」と伝えます。

第39回

208年　孔明の作戦で曹操軍を撃退する劉備

できる人は、しっかり根回しできる人。

孔明

孔明は根回しで、軍議の主導権を握った。

軍師となった孔明を、常に敬う劉備。しかし、昔から劉備に従ってきた関羽と張飛は面白くありません。そんなある日、曹操の配下・夏侯惇が10万の兵を率いて攻めてきます。すると孔明は、軍議前に根回しを開始。劉備に「関羽と張飛が私の指示に従うか不安です」と告げ、**事前に命令権の証（剣と印）を受け取った**のです。

軍議が始まると、孔明の作戦に不満を言い出す関羽と張飛。孔明は「私は剣と印を持っている。命令に従わない者は切る！」と2人を制します。劉備も「孔明に従いなさい」と後押し。そのおかげで作戦は実行され、夏侯惇の大軍を追い払うことに成功します。

敵がことごとく計略にはまるのを目にした関羽と張飛は、以後、孔明を敬い、素直に従うようになるのです。

孔明

自分の意見を通したい時は、会議本番より事前の準備が大切。「会議の前に勝負を決める」くらいの気持ちじゃないとダメですよ。

曹操に孔明の才能を聞かれた徐庶は、「私がホタルの光だとすれば、孔明は明るく輝く月の光」と表現しています。

第40回

208年　曹操に降伏する劉琮

説得するより、質問しよう。

王粲

王粲（おうさん）

劉琮（りゅうそう）

王粲は1つの質問で、劉琮に降伏を決断させた。

208年、劉備と協力関係にあった劉表が、病で亡くなってしまいます。後継者になったのは、長男・劉琦ではなく次男・劉琮。蔡瑁を中心とした劉琮派が強引に決めてしまったのです。この時、曹操の大軍が攻めてきていることを知った劉琮は、あわてて会議を開きます。降伏をすすめる配下に対し、「領地を譲り渡すなんてありえない」と怒る劉琮。しかし、他の配下にも降伏をすすめられ、考えが揺らぎはじめると、さらに王粲が質問を投げかけます。

「ご自身と曹操を比べて、どう思いますか？」

劉琮は冷静に比較して「……かなわない」と一言。ようやく曹操に降伏することを決意します。こうして亡き劉表が治めていた領地は、曹操の手に落ちてしまったのです。

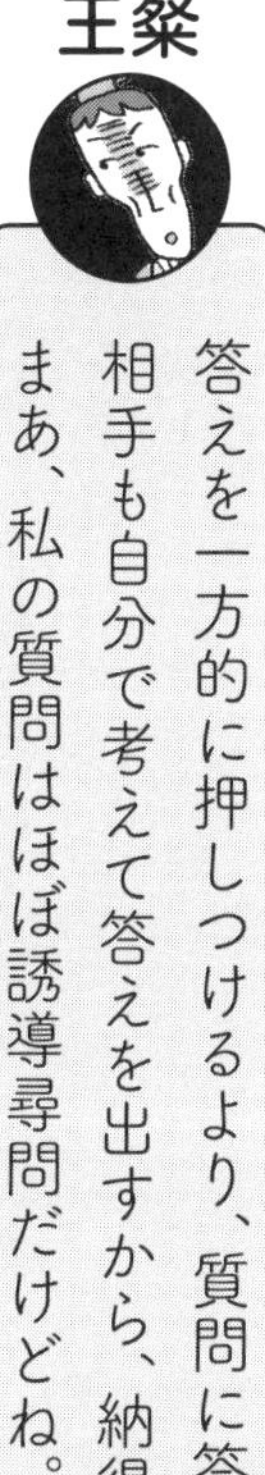

王粲
答えを一方的に押しつけるより、質問に答えさせること。
相手も自分で考えて答えを出すから、納得感が増すでしょ。
まあ、私の質問はほぼ誘導尋問だけどね。

 この時、劉琮は14歳でした。

第41回

208年　曹操にこびる蔡瑁・張允

偉い人ほど、こびる人をすぐ見抜く。

曹操

曹操にとって、こびる人は使い捨て要員だった。

曹操に降伏した劉琮は、配下の蔡瑁・張允を使者として曹操のもとへ送ります。曹操に会ってすぐ、気に入られようとこびる2人。そんな彼らに曹操が劉琮軍の兵数や軍船の数などを質問すると、「兵は28万。軍船は7千ほど。私たちが指揮しています」と答える蔡瑁。するど曹操は、蔡瑁を水軍大都督に、張允を副都督に任命したのです。2人が喜んで立ち去ると、荀攸（じゅんゆう）が「どうしてあんな者たちを都督に？」とたずねます。すると曹操は笑って「我が軍は水上の戦に不慣れだから、あいつらに任せただけ」と言い、続けて、

「いずれ始末するつもりだ」

と一言。こうして蔡瑁・張允は曹操に利用されたあと、彼の手で殺されてしまうのです。

曹操

こびてペコペコするなんて……まあ、気持ちは分かるよ。でもオレはそれを見た瞬間に「使えない」と判断するけどね。偉くなると、反対意見を言うヤツのほうが珍しくて貴重だから。

 この時期、曹操に攻められた劉備は「戦ってもかなわない」と考え、住民を連れて南へと逃げはじめます。

第42回

208年　劉備軍を追撃する曹操

「ってことは」を考える連想力を。

曹操

壊された橋を見て、曹操は追撃を決めた。

劉琮を降伏させ、南に逃げる劉備を追っていた曹操。10万人以上の避難民を連れた劉備軍の進みは遅く、曹操軍は追いついて大勝利を収めます。

さらに追撃すると、橋の上に1人の男が。劉備の配下・張飛です。曹操は昔、関羽が「張飛は100万人を敵にしても、楽に大将の首を取る」と言っていたのを思い出し、急いで退却することに。張飛は曹操を追わず、橋を切り落として劉備のもとへ戻ります。

やがて落ち着きを取り戻した曹操が橋に戻ると、そこに残っているのは壊された橋だけ。

「ってことは余裕がないな」

と気づいた曹操は、再び追撃を開始したのです。

曹操

橋を壊された↓直さないと渡れない↓直すには時間がかかる↓相手が逃げるための時間稼ぎをしている↓相手は戦う余裕がないというように、1つの事実から次々と連想する力を身につけよう。

 この時、劉備の配下・趙雲（ちょううん）は、まだ幼い劉備の息子・劉禅（りゅうぜん）を曹操軍の中から救い出します。

第43回

2 0 8年　孫権の配下を論破する孔明

会議で最初にやるべきことは、重要人物を見極めること。

孔明

孔明はまず、影響力の大きい人を論破した。

曹操に追われ続けたものの、なんとか南に逃げ着いた劉備。そんな彼に、孔明は「曹操は強敵だから、孫権に助けを借りて倒しましょう」と提案。みずから使者となり、孫権のもとへ交渉に向かいます。

しかし、いざ孫権の配下たちに会うと、「曹操に降伏しよう」と考えている者ばかり。その中でも、特に参謀・張昭がまとめ役のような存在でした。孔明は「曹操と決戦しよう」という雰囲気を作るには、**「張昭を論破すれば優位に立てる」**と考え、けんか腰で議論をふっかけてくる張昭を完全に論破します。

こうして会議の主導権を握り、次々と孫権の配下たちを言い負かした孔明は、降伏ムードを打ち破ることに成功したのです。

孔明

会議では、影響力のある人がだれなのかを考え、その人にどんな言葉が響くかを想像しながら発言しましょう。私は結局、張昭さん以外もみーんな論破しちゃいましたけどね。

 このあと、曹操と決戦するか迷った孫権は、兄・孫策が信頼していた周瑜（しゅうゆ）の意見を聞こうと考えます。

第44回

208年 周瑜に曹操との決戦を決意させる孔明

「仕事」より「私事」のほうが、人の心を大きく動かす。

孔明

私的な怒りから、周瑜は戦うことを決めた。

曹操に降伏しようとする孫権の配下たちを論破した孔明。彼は次に、孫権の参謀・周瑜に会いに行きます。しかし、周瑜も「降伏しよう」と考えている様子。そこで孔明は、彼に「降伏しなくても、2人の者を送れば曹操は攻めてきませんよ」と提案します。周瑜が「その2人とは?」と聞くと、「大喬と小喬という女性です。曹操はその2人の美女が欲しいのです」と孔明。すると周瑜は激怒して叫びます。

「大喬は亡き孫策様の夫人で、小喬は私の妻だ!」

あわてたふりをして「それは知らなかった」と平謝りするも、周瑜の私情に火をつけることに成功した孔明。こうして周瑜は「曹操を倒す」と決め、孫権にも決戦をすすめるのです。

孔明

「嫌い」とか「憎い」といったプライベートな感情は、人の判断に大きな影響を及ぼすもの。相手を説得する時には、それをうまく使うのも手段の1つです。

 孔明が訪れる前、周瑜のもとには張昭、程普(ていふ)、甘寧(かんねい)など多くの孫権の配下が相談に来ていました。

第45回

208年　蔣幹を利用する周瑜

手柄を立てたがる人は、割とだまされやすい人。

蔣幹

手柄を立てたい蔣幹は、周瑜にとってカモだった。

曹操と戦うことを決めた孫権は、周瑜を大都督に任命。周瑜は決戦前に、水戦に慣れている曹操軍の水軍都督・蔡瑁を排除しようと考えます。そんなある日、旧友・蔣幹が周瑜のもとへ。曹操の配下である蔣幹は、周瑜を説得して降伏させ、手柄を立てようとしていたのです。それに気づいた周瑜は、逆に蔣幹を利用することに。蔡瑁から送られてきたかのようなニセの手紙を作り、わざと蔣幹の目につく場所に置いたのです。

深夜、周瑜の机でその手紙を見つけた蔣幹。そこには「蔡瑁が曹操を裏切る」という内容の文面が。**蔣幹は見事にだまされ、**手紙をこっそり持ち帰ります。曹操もその手紙にだまされて激怒し、蔡瑁を処刑。蔣幹は手柄を立てたいあまり、ニセの情報を信じて曹操軍に混乱を与えてしまったのです。

蔣幹

周瑜を裏切らせることができないと気づいてから、他に手柄を立てる方法はないかって、あせっていたんだよなぁ。そういう時ほど、短絡的に行動しちゃうから気をつけないとね。

 蔡瑁とともに張允も処刑した曹操は、のちに手紙がワナだと気づくものの、だまされたことを認めませんでした。

第46回

208年　周瑜の計略に気づかないふりをする孔明

「それ知ってるよ」の言い過ぎ注意。

孔明

孔明をだませた～

周瑜（しゅうゆ）

周瑜の敵視を警戒し、孔明は気づかぬふりをした。

劉備軍と協力して曹操と戦うことに決めた孫権。彼の配下・周瑜は、いつも自分の作戦を見破ってしまう劉備の軍師・孔明の才能を恐れていました。ある日、会議中に周瑜が古参の武将・黄蓋(こうがい)を50回も杖で殴打。だれもが「周瑜はひどい」と考える中、孔明は「あれは周瑜と黄蓋の演技だ。黄蓋はわざと杖で叩かれ、周瑜を恨んで曹操に降伏するふりをして、曹操をだますつもりなのだろう」と見抜きます。しかし、孫権の配下・魯粛には

「でも、周瑜殿には私が見抜いたと言わないでください」

と依頼。言われた通り魯粛が「孔明は気づいていない」と周瑜に伝えると彼は大喜び。得意満面な周瑜をよそに、魯粛はなんでも見抜く孔明の恐ろしさに身を震わせたのです。

孔明

相手の話や行動を見抜いた時、「知ってるよ」と言うと、自分は気持ちいいけど、相手にはちょっと感じが悪いですね。関係性を壊さないためにも、言い過ぎには注意しましょう。

 孔明の予想通り、黄蓋と周瑜は事前に打ち合わせ、黄蓋が偽りの降伏をする作戦(苦肉の計)を考えていました。

第47回

208年 曹操をだます闞沢

相手が思わず質問したくなれば、主導権はこっちのもの。

闞沢

質問を引き出す勇気が、曹操の判断を鈍らせた。

曹操に偽りの降伏をすることになった黄蓋。彼は降伏の使者として闞沢を曹操のもとへ送ります。
しかし、闞沢から黄蓋の手紙を渡された曹操は、偽りの降伏だと見抜き、闞沢を処刑することに。それでも闞沢は笑っています。曹操が「なぜ笑う？」と聞いても、「早く殺せ」と言うばかり。曹操が「この手紙には降伏する期日が書いてない。だから偽りだ」と言うと、「おまえは無学だ」と闞沢。**そう言われると理由を聞きたくなるもの。**曹操は徐々に闞沢の答弁に引き込まれていきます。やがて闞沢が「裏切りの降伏は、隙を見て初めて実行できるものなのに、期日なんて決められるものか」と言うと、ハッとした曹操は闞沢に謝罪。こうして彼は、黄蓋の降伏をすっかり信じてしまうのです。

闞沢

最初から全部説明してしまうと、そこで会話は止まってしまう。ツッコミどころがあったり、含みを持たせておくほうが、相手の質問を引き出せて、自然と会話の主導権を握れるぞ。

 闞沢は漁師に変装して曹操の水軍に近づき、わざと見回り兵に捕まることで、曹操と面会することになりました。

第48回

208年　龐統にだまされる曹操

有名人が言うだけで、説得力は5割増し。

曹操

曹操が信じるべき人は、有名人より配下だった。

ある日、孫権との決戦を控えた曹操のもとに龐統がやってきます。すると曹操は大喜び。何しろ龐統は「伏龍（孔明）・鳳雛（龐統）」と称され、孔明と並ぶ有名人だったからです。その頃、多くの水軍兵が吐き気をもよおして死んでいたことに頭を悩ましていた曹操は、さっそく龐統に相談。すると彼は「船が揺れるから病気になるのです。船を鎖でつなげば揺れないから、病気はなくなるでしょう」と言います。

有名人・龐統を信じ込んだ曹操は、すぐに船同士をつなぎ合わせることに。しかし、実はこれは周瑜と龐統が企てた作戦。船をつながせ、火攻めで一気に燃やそうと考えていたのです。配下の程昱が「火攻めが心配」と忠告しても、聞き入れない曹操。こうして配下より有名人を信じてしまった彼は、みずからを窮地に追い込んでしまったのです。

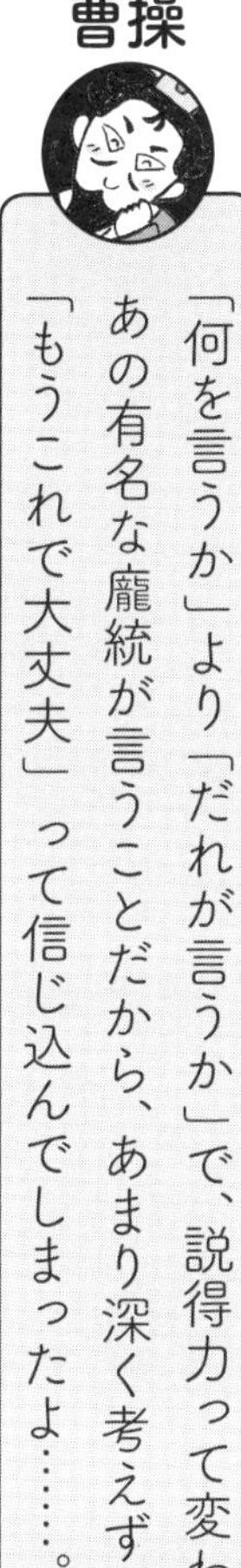

曹操
「何を言うか」より「だれが言うか」で、説得力って変わるんだな。あの有名な龐統が言うことだから、あまり深く考えずに「もうこれで大丈夫」って信じ込んでしまったよ……。

 この時期、龐統は戦乱を避けて孫権の治める地域に住んでいました。

第49回

208年　赤壁の戦い

同じことを二度言われるのは、危険なサイン。

曹操

曹操（そうそう）

程昱（ていいく）

何度も忠告をスルーして、曹操は大敗した。

水兵が船酔いしないよう、船と船を鎖でつないだ曹操。しかし、配下の程昱はそれに反対していました。火攻めをされたらすぐに燃え広がってしまうからです。「ちゃんと防備を考えたほうがいいです」と**再び忠告するも、曹操は聞き入れません。**

やがて曹操のもとに、「孫権の配下・黄蓋の船が、食糧を積んで今夜、降伏してくる」との知らせが届きます。

黄蓋の船が近づくのを眺め、突然ハッと何かに気づく程昱。彼は曹操に「降伏は偽りです。本当に食糧を積んでいるなら、もっと船足が重いはず」と警告するも、時すでに遅し。船の上の黄蓋がサッと刀を上げて合図をすると、火のついた20隻(せき)の船が曹操の水軍に突入。鎖でつながれた曹操の船は、風の勢いも手伝ってあっという間に燃え上がってしまったのです。

曹操

程昱は何度もオレに忠告してくれていたんだよな……。何度も指摘するってことは、すごく不安だってことだから、聞く耳を持って再考するべきだった……反省。

 黄蓋はこの時、曹操の配下・張遼の矢を受けて水中に落ち、負傷してしまいます。

第50回

208年　曹操を見逃す関羽

世の中は、「貸し借り」でできている。

曹操

赤壁で大敗した曹操は、過去の自分に救われた。

水戦で孫権軍に大敗した曹操は、岸に上がって林の中へ。遠くまで逃げて安心した彼が「オレが敵ならここに伏兵をひそませておくのに」と笑った瞬間、劉備の配下・趙雲の軍が襲撃。なんとか逃げ切った曹操が、「オレならここにも伏兵をひそませるのに」と笑うと、劉備の配下・張飛の軍に襲われます。

再び逃げ切った曹操が笑って「オレならここにも伏兵を……」と言うと、今度は劉備の配下・関羽の軍が。「もう戦うことは無理だ」と悟った曹操は「昔、将軍を見逃したことに免じて、今回はオレを見逃してくれないか」と関羽を泣き落とすことに。

過去に曹操から受けた恩義を思い出した関羽は、ボロボロになった曹操を哀れに思い、後ろを向いて見逃したのです。

曹操

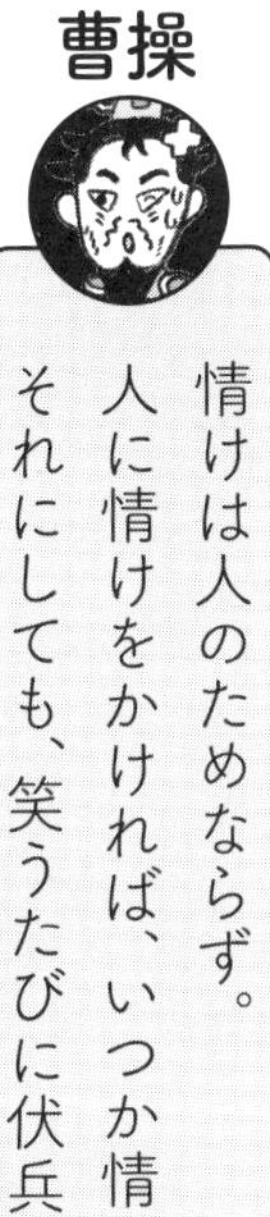

情けは人のためならず。人に情けをかければ、いつか情けをかけてもらえるもの。それにしても、笑うたびに伏兵に襲われるオレっていったい……。

 このあと曹操は、「もし郭嘉が生きていれば、オレにこんな大失敗をさせなかっただろうに」と大泣きします。

第51回

208年　関羽の処罰を止める劉備

ひいきがあるのは、当たり前。

劉備

劉備の一存で、関羽は「おとがめなし」となる。

赤壁の戦いで、劉備・孫権の連合軍は曹操に大勝利。しかし、逃げる曹操を追いつめた関羽は昔の恩を思い出し、わざと逃してしまいました。

関羽が肩を落として戻ると、劉備と孔明は勝利を祝って宴会中。彼はうつむきながら孔明に、「曹操を逃してしまった」と伝えます。すると孔明は「昔の恩を思い出してわざと見逃しましたね！　処罰しないわけにはいきません」と激怒。兵士に「関羽を切れ」と命令します。

しかし、劉備が「関羽と自分は生死をともにしようと誓い合った仲だ」と止めに入り、続けて

「処罰しないでほしい」

と懇願。こうして関羽は、死刑をまぬがれたのです。

劉備

曹操をわざと見逃した関羽は本来厳罰だけれど、ぼくとの仲やこれまでの功績を考えたら許したくなるよね。人は毎日だれかをひいきしながら生きてるわけだしさ。

 決戦前、孔明は劉備に「関羽が情をかける機会を作る」と説明。彼は関羽が曹操を見逃すのを見越していました。

第52回

208年頃　伊籍の助言に救われる劉備

「相性がいい人」を大切に。

劉備

不安定な劉備の人生を、いつも支える男がいる。

曹操に勝利した劉備は、一度は曹操の手に落ちていた荊州・南郡・襄陽の地を手に入れます。そこで、この地域をどう治めていくかを話し合っていると、彼のもとに1人の男が。劉表の配下だった伊籍です。彼は過去に劉備が劉表の配下・蔡瑁に命を狙われた際、脱出を手伝ってくれた命の恩人でした。劉備が喜んで迎え入れると、伊籍は「この地には馬良という賢人がいますよ」と助言します。

さっそく劉備は馬良を迎え入れることに。手厚く迎え入れられた馬良は、この地域の最適な統治方法をていねいに説明します。

こうして**昔から何かと気にかけてくれる伊籍の助言**によって、劉備は新たな人材や情報を手に入れることができたのです。

劉備

気が合う人や、自分を気に入ってくれる人ってすごく貴重な存在。そういう「相性がいい人」って、付き合いが長くなると「そばにいて当たり前」と思いがちだけど、大切にしようね。

 このあと、劉備は配下の孔明や趙雲たちの活躍によって、さらに領土を広げます。

第53回

208年頃　曹操に大敗する孫権

リーダーのミスを指摘できるチームは強い。

孫権

孫権（そんけん）　張紘（ちょうこう）

張紘は、孫権に「殿が悪い」と言える仲だった。

孫権は赤壁の戦いに勝利後も、曹操軍と10回以上の交戦を重ねていました。そんなある日、曹操の配下・張遼から挑戦状を受け取った孫権は、「なめるなよ。オレが暴れまわってやる」と怒ります。そして、みずから軍を率いて戦場へ。すると、孫権を見つけた張遼たちが次々と襲いかかります。孫権を守ろうと必死になる配下たち。その結果、孫権軍は大混乱となり、大敗してしまいます。

孫権は自分を護衛していた武将が死んだと知って大号泣。やがて配下の張紘が「戦場で暴れるのは殿の仕事ではないでしょう。護衛が死んだのは殿が敵を軽く見たからです。これからは慎重に行動してください」と忠告します。すると**孫権は反論せずに平謝り。**「私が悪かった。今後は改める」と言い、以後、行動を慎むようになったのです。

孫権

歳をとればとるほど、失敗を素直に認めるのって難しい。でも、リーダーは変なプライドを持っちゃダメだ。ちゃんと謝って、意見しやすい雰囲気作りをしないとね。

 このあと、孫権の配下・太史慈が張遼の軍を襲うものの、返り討ちにあって負傷。やがて命を落としてしまいます。

第54回

209年　孫権の妹と結婚する劉備

理不尽は、いつも突然やってくる。

賈華

賈華は、孫権の代わりに怒られた。

曹操に負けた孫権は、劉備が治める荊州を奪おうと考えます。そこで劉備に自分の妹との結婚を持ちかけ、彼を呼び寄せ、荊州を譲らなければ殺そうと考えたのです。配下の呂範が「宴会場の廊下に兵を潜ませては？」と提案すると、孫権は賈華に兵の手配を命令します。

しかし、劉備との宴会中に思わぬ事態が。同席していた孫権の母（呉国太）が、劉備を気に入ってしまったのです。廊下の兵に気づいた劉備が、「殺される」と呉国太に訴えると、彼女は孫権に激怒。すると孫権は「私は知らない」とシラを切り、呂範のせいにします。さらに呂範は、**「賈華がやった」と責任転嫁。**呉国太は賈華を責め出します。

こうして突然責任をなすりつけられた賈華は、呉国太の怒りが収まるまで黙って耐えることになったのです。

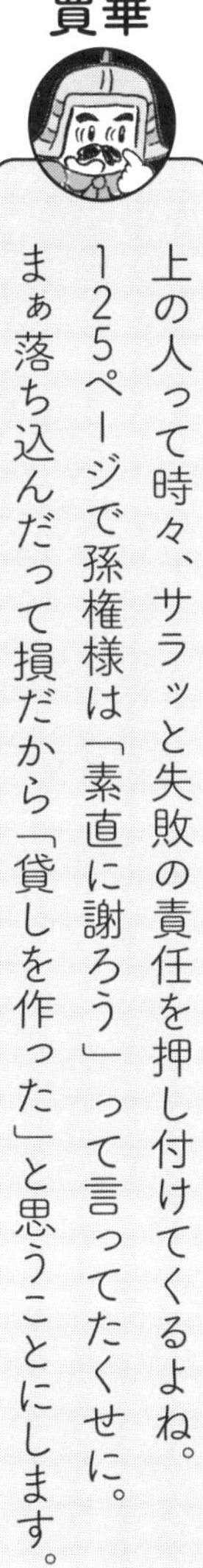

賈華
上の人って時々、サラッと失敗の責任を押し付けてくるよね。125ページで孫権様は「素直に謝ろう」って言ってたくせに。まぁ落ち込んだって損だから「貸しを作った」と思うことにします。

 このあと、劉備と孫権の妹（孫夫人）は本当に結婚することとなります。

第55回

210年　孫権のもとから脱走する劉備

「私は悪くない」は火に油。

徐盛・丁奉

逃走を止める2人に、孫夫人の雷が落ちた。

呉の国で孫権の妹（孫夫人）と結婚した劉備。やがて彼は、孫権に黙ったまま荊州へ戻ろうと考えます。1月1日、孫権が新年の祝いで酔っ払っている間に、劉備は孫夫人を連れて出発。しかし、孫権の配下・周瑜の指示で辺りを警戒していた徐盛・丁奉に見つかることに。すると孫夫人は「おまえら2人は裏切る気か！」と叫びます。もともと勝気な彼女の剣幕に、すっかり縮こまる徐盛・丁奉。2人が

「私たちが悪いのではなく、周瑜様の命令なのです」

と言うと、「周瑜が恐いのに私が恐くないのか！」と火のごとく怒る孫夫人。結局、徐盛・丁奉は彼女に逆らえず、黙って劉備と孫夫人を見逃したのです。

徐盛「怒ってる人に自己弁護すると、いいことがないんだな」
丁奉「だね、まあ、あのシーンは何言っても怒られただろうけど」

 孫夫人は、世話係の女性にも剣を持たせるほど武術好きでした。

第56回

210年　逃げた劉備を追わない孫権

イラっときたら、未来を見よう。

顧雍

未来を見すえ、孫権は逃げた劉備をあえて許した。

孫権の妹（孫夫人）を連れて逃げてしまった劉備。激怒した孫権が劉備への攻撃を指示しようとしたその時、張昭が「劉備を攻めれば、曹操がその隙を突いてこちらに攻めてくるはずです」と反対意見を唱えます。顧雍も「劉備を攻めれば、劉備は曹操と手を組むはず。そのほうがやっかいですよ」と同調します。そして彼は続けて、

「今は劉備に恩を売るべきです。 孫権様と劉備が仲良くしていれば、曹操も恐れて攻めてはこないでしょう」

と提案。これを聞き入れた孫権は、劉備をいったん許すことにしたのです。

顧雍

どんな時も、最善策は「戦いに勝つ」ことより「戦わない」こと。先のことを考えるなら、怒りに任せて争ってお互い傷つくより、ニッコリ笑って手を引くほうが賢明なことも多いのです。

 このあと、孫権の配下・周瑜は独断で劉備を攻めるも、孔明の計略にかかり、それが原因で命を落としてしまいます。

第57回

211年頃　龐統の実力を見抜けない孫権・劉備

どうしても見た目で判断しちゃうよね。

孫権・劉備

龐統は、見た目より中身で勝負する男。

孫権の参謀・周瑜が若くして亡くなると、その役目を引き継いだのが魯粛。彼は孫権に龐統を配下にすることをすすめます。

さっそく龐統と面会した孫権でしたが、その姿を見てがっかり。外見が優れていた周瑜とは反対に、顔が醜く、見た目も変だったからです。孫権が「あなたの才能は周瑜と比べてどうですか?」と聞くと、笑って「周瑜殿とは全く違います」と答える龐統。孫権は周瑜を軽んじる態度が気に入らず、龐統を追い払ってしまいます。

そこで龐統は劉備を訪問することに。しかし、**劉備も龐統の容姿を見て失望。**空いている適当な職を与えて冷遇します。その後、仕事を瞬時に片付けた龐統に驚いた劉備は、ようやく彼の能力に気づき、重要な職につけたのです。

孫権「賢い人って見た目もシュッとしてたりするけど……」
劉備「そういうのにこだわらない天才もいるんだね」

 龐統は劉備に初めて会った際、あえて魯粛や孔明からの推薦状を見せずにいました。

第58回

211年　馬超と手を組む劉備

敵の敵をうまく使って生き抜こう。

孔明

曹操の敵は、劉備にとってはみんな味方。

ある日、劉備のもとに孫権の配下・魯粛がやってきます。「曹操に攻められそうだから、援軍を送ってほしい」と言うのです。劉備が孔明に相談すると、

「馬超は、父・馬騰を曹操に殺されて恨んでいます。彼が曹操を攻めれば、曹操は孫権を攻めていられないはず」

と言う孔明。そこで劉備はすぐに馬超に手紙を送り、「曹操を攻めてくれないか」と伝えます。父を殺した曹操を心から恨んでいた馬超は、手紙を見てすぐさま20万の大軍を率いて曹操を攻撃。こうして曹操はしばらく防戦一方となり、孫権は攻められずにすんだのです。

孔明

共通の敵がいると、いいパートナーになれる確率が高いですよ。「敵の敵は仲間」です。

 この時、追いかける馬超軍が「長いひげのヤツが曹操だ」と言うと、曹操はひげを切って逃げました。

第59回

211年　仲間割れをして敗走する馬超

いったん疑うと、そういう目でしか見られなくなる。

馬超

馬超は人を疑いすぎて、大事な仲間を失った。

馬超に攻め込まれた曹操は、馬超の軍にいる韓遂に目をつけます。韓遂と曹操は顔なじみだったからです。

ある日、敵陣に使者を送り、「韓遂と話したい」と伝える曹操。彼は韓遂が陣から出てくると、昔話に花を咲かせて2時間ほど話し込みます。「なぜ昔話を？」と不思議がる韓遂と、「曹操と韓遂が話し合っていた」と聞いて疑心暗鬼になる馬超。さらに曹操は韓遂に、わざと修正の跡が残る手紙を送ります。その手紙を見た馬超は、重要な部分が書き直されたり消されていたため、**ますます韓遂を疑うことに。**

やがて、なんでも疑う馬超に嫌気がさした韓遂は、最初は裏切る気がなかったにもかかわらず、曹操に降伏することを決断。劣勢となった馬超は結局、曹操に負けてしまうのです。

馬超

一度疑っちゃうと、どんな行動もあやしく見えるんだよな。韓遂さんに裏切る気がなかったなんて……悪いことをしたよ。（オレ、怒って韓遂さんの左腕、切っちゃったんだよね）

 曹操に敗北した馬超は、張魯（ちょうろ）のもとに身を寄せます。

第60回

211年　劉備の対応に感激する張松

人は「比較」で判断する。

張松

張松は曹操と劉備を比べ、劉備を選んだ。

曹操が馬超に勝利すると、漢中を治めていた張魯は「曹操が攻めてくるのでは」と危機感を抱きます。そこで彼は、劉璋（りゅうしょう）の治める蜀を奪って新たな根拠地にしようと決断。それを知って驚いた劉璋は、配下・張松を曹操のもとへ送ります。曹操に張魯を倒してもらおうと考えたのです。

しかし、曹操は醜く生意気な張松を、棒で叩いて追い払ってしまいます。もともと劉璋を裏切り、曹操に蜀を捧げようと考えていた張松はがっかり。ふと「帰る前に劉備に会ってみよう」と考えた彼は劉備のもとを訪れます。すると趙雲や関羽ら重臣たちにもてなされ、最後は劉備みずから馬を降りて大歓迎。**曹操と劉備の差を実感した張松**は、曹操ではなく劉備に蜀を捧げようと決心したのです。

張松

「いい人だな」って思う時って、「それに比べてあいつは……」って別の人のことを思い出すことも多いよね。劉備様はホントに人徳のあるいい人……それに比べて曹操は！

 馬超が治めていた地域の南に漢中があります。漢中の南に劉璋の治める蜀があります。

第61回

211年頃　劉璋と仲良くなる劉備

会って話すと、仲良くしちゃうもの。

劉備

劉備と劉璋をつないだのは、酒だった。

張松に「劉璋の蜀を奪うべき」とすすめられた劉備。彼は断るものの、「蜀が欲しい」という欲もありました。そんな迷いを抱えたまま、ある日、劉璋との宴会に参加することに。すると、**酒を飲んで劉璋と打ち解けてしまう劉備。**蜀を奪うことに賛成だった劉備の参謀・龐統は、「強硬手段しかない」と考え、魏延に「宴会芸として剣を持って舞い、隙を見て劉璋を殺せ」と命令します。しかし、魏延が舞いはじめると、劉璋の危険に気づいた配下・張任(ちょうじん)が、剣を持って舞いはじめ……殺気立った両軍の配下が次々と剣を持って舞うことに。異様な雰囲気の中、劉備は「何をしている!」と叱り、場を収めます。そして彼は、武将たちに酒を与えた上で「私は絶対に劉璋を裏切らない。おまえたちも騒ぎを起こそうとするな」と告げたのです。

劉備

たとえ相手がライバルや苦手な人だとしても、会って話が盛り上がると、なんか情がわいちゃうよねぇ。

 劉備は宴会後、「二度とあんなことはするな!」と龐統を叱りつけ、それから毎日、劉璋と親しく語り合いました。

第62回

212年頃　劉璋の対応に激怒する劉備

築くのはじっくり、崩れるのはあっさり、それが信頼関係だ。

劉璋

1回の判断ミスで、劉璋と劉備の関係は一変した。

劉璋の治める蜀で暮らしはじめた劉備。「蜀に張魯が攻めてくる」という知らせを聞いた劉璋は、劉備に迎撃を依頼します。劉備は「もちろん」と引き受け、防備へと向かうことに。戦場に着いた劉備はある日、「米と兵をさらに送ってほしい」と劉璋に連絡します。劉璋がすぐに対応しようとすると、劉璋の配下たちは「米や兵を送れば必ず劉備は蜀をのっとる」と一斉に大反対。結局、配下たちに言い負かされた劉璋は、わずかな米と老兵しか送りませんでした。

この仕打ちに、劉備は「こっちは劉璋のために、命がけで蜀を守ろうとしているのに!」と大激怒。こうして2人は、**たった一度のすれ違いで対立関係に。** 皮肉にも劉璋の配下たちが言う通り、劉備は本気で蜀をのっとろうと考えるようになったのです。

劉璋

劉備さんとは楽しくお酒を飲んだ仲だから、1回くらいミスしても許してもらえると思ってたんだけどな……。

 劉璋は、劉備が要求した10分の1の兵と米しか送りませんでした。

第63回

214年　落鳳坡で命を落とす龐統

悪意を持って解釈すると、結局自分の身を滅ぼす。

龐統

助言を素直に受け入れず、龐統は命を落とした。

劉璋と対立し、蜀をのっとることを決断した劉備。彼はある日、荊州を守る孔明から手紙を受け取ります。そこには「天文を観察したところ、劉備様に不幸が起こる兆しがあるのでご注意を」との警告が。劉備は孔明に詳しく聞くため、荊州に戻ろうと考えます。しかし、劉備に同行していた龐統は、孔明の手紙を悪く解釈してしまいます。

「孔明は私の手柄を阻止するつもりなのだろう」

と勘違いしたのです。結局、龐統は劉備をむりやり説得し、劉璋攻めを強行します。進軍の日、龐統の馬が暴れたため、劉備は自分の白馬を龐統に譲ることに。白馬に乗った龐統が細い道を進んでいると、劉璋軍の伏兵が「白馬に乗る男が劉備だ」と思い込んで一斉射撃。劉備に降りかかるはずだった矢は龐統に注がれ、彼は命を落としてしまったのです。

龐統

冷静に考えたら、孔明がオレの邪魔をするわけないのに……。悪意って、判断力をすごく低下させるんだな。

 龐統が命を失った細い道の地名は「落鳳坡」。龐統には「鳳雛」という異名がありました。

第64回

214年　厳顔を味方につける張飛

権力者を味方にすると、一気に味方が増える。

張飛

厳顔を降伏させると、一気に道が開かれた。

劉備に同行していた龐統が亡くなったため、張飛が援軍に出ることに。彼は1万の兵を率いて進軍し、劉璋の配下・厳顔の守る城を攻撃します。しかし、なかなか攻め落とせません。そこで張飛はわざと隙を見せて厳顔を城からおびき出し、生け捕ることに成功。「早く切れ」と言う厳顔の潔さに心を打たれた張飛は、逆に手厚くもてなします。するとその対応に感動した厳顔は降伏。彼は張飛に「ここから先の関所は、みんな私の配下です」と言うと、続けて

「私が全員降伏させましょう」

と提案したのです。老将・厳顔を降伏させたことで、厳顔の配下までも手に入れた張飛。このあと彼は、一度も戦わずに劉備のもとへたどり着くことができたのです。

張飛

人望のある人を味方にすると、その人に従っていた他の人たちも味方になってくれるんだな。無駄に争わないためにも、このやり方は効率的だぜ。

 捕まっても顔色を変えず反抗的な態度をとる厳顔に、最初は張飛も怒りを覚え、処刑しようと思っていました。

第65回

214年　蜀を手にいれる劉備

元リーダーの取扱いに要注意！

孔明

劉璋に情けをかける劉備を、孔明は厳しく叱った。

張飛や孔明とともに劉璋の蜀を攻めていた劉備。彼が蜀の都・成都の目前まで迫ると、劉璋は降伏を決意します。城から出てきた劉璋の手を握り、「やむを得ずこんなことになりました」と言って涙を流す劉備。2人はいっしょに城に入ります。

やがて孔明は、「領主が2人いるわけにはいかないから、劉璋は別の地域に送るべきです」と提案。しかし、劉璋への情が残る劉備は、「そこまでしなくてもいいのでは……」とためらいます。

それでも孔明は引き下がりません。さらに厳しく「情けをかけては、蜀を治めることはできません」と言い放ったのです。

やむなく孔明の助言に従い、**劉璋を都から遠い所に移住させた劉備。**

こうして彼は蜀を手に入れ、ついに大国の主となったのです。

孔明

リーダーが変わる時は、元リーダーに気をつけましょう。放っておくと元リーダーが不満を持ったり、派閥ができたりして、新旧の対立が生まれてしまいますよ。

 この時期、張魯のもとにいた馬超や馬岱（ばたい）が劉備の配下になっています。

第66回

214年　曹操暗殺に失敗する献帝

秘密の話は、たいていもれる。

献帝

献帝と皇后の秘密は、秘密になっていなかった。

劉備が蜀を手に入れた頃、献帝（皇帝）は曹操におびえながら暮らしていました。曹操から何か質問されても、献帝は「全てお任せします」と言うだけ。2人の上下関係はすでに逆転していたのです。

この状況に耐えかねた献帝は、伏皇后とともに再び曹操暗殺を計画。伏皇后は父・伏完（ふくかん）に手紙を届け、「曹操を討伐してほしい」と伝えます。しかし、秘密はどこからかもれてしまうもの。事前に**曹操に密告した者がいて、暗殺は失敗。**曹操は、伏皇后も含め献帝以外の関係者を一斉に処刑してしまいます。

さらに「新たな皇后には私の娘を」と言い出す曹操。献帝はもちろん逆らえず、曹操の娘が皇后となったのです。

献帝

ホント、なんで私の計画はいつもバレてしまうんだろう……。密談する時は「人がいるけど聞こえないだろう」なんて油断は禁物。絶対どこかでだれかが聞いてるから！

 献帝は過去にも、曹操の暗殺を計画して失敗しています（P65）。

第67回

215年 倉を燃やさず、曹操に感謝される張魯

全てを失っても、モラルは失うな。

張魯

張魯は邪心を捨て、命を拾った。

献帝による暗殺計画を未然に防いだ曹操。日に日に勢いを増す彼は、張魯が治める漢中に攻め込みます。しかし、張魯のもとに身を寄せていた龐徳（ほうとく）の活躍もあり、なかなか攻め落とせません。そこで曹操は張魯の配下・楊松（ようしょう）にワイロを送り、龐徳の悪いウワサを流させることに。張魯からの信頼を失った龐徳は、曹操に降伏してしまいます。一方、龐徳を失って窮地に立たされた張魯。彼は弟・張衛から「倉を焼き払って逃げましょう」と提案されるも、

「倉の財産は本来、王朝のもの。燃やしちゃダメだ」

と反論し、全ての倉にかぎをかけて出陣します。やがて張魯が降伏すると、曹操は城内の倉がきれいに残っているのを見て張魯に感謝。処刑せず、彼に官位を与えて厚遇したのです。

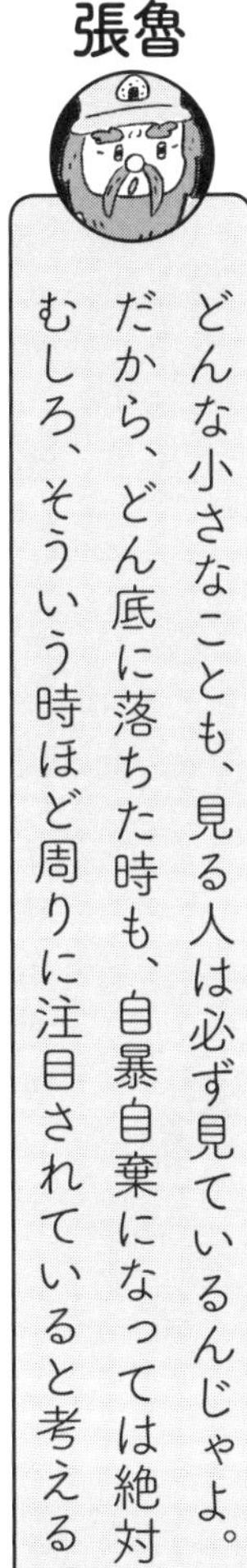

張魯
どんな小さなことも、見る人は必ず見ているんじゃよ。
だから、どん底に落ちた時も、自暴自棄になっては絶対いかん。
むしろ、そういう時ほど周りに注目されていると考えるべきじゃ。

 張衛は、「倉の食糧や宝が曹操の手に渡るくらいなら、燃やしてしまおう」と考えていました。

第68回

216年　後継者を曹丕に決める曹操

賢い人には、言葉の背後を読ませよう。

賈詡

賈詡は全てを言わず、曹操は全てを読み取った。

漢中を手に入れた曹操は、やがて自分の後継者を考えるようになります。曹操は4人の息子の中でも特に三男・曹植を気に入っていました。頭が良く、美しい文章を書くからです。曹操はある日、配下の賈詡に「後継者はだれがいいだろう?」と相談します。すると賈詡は黙ったまま。「どうした?」とたずねると、賈詡はこう答えたのです。

「ちょうど今、袁紹や劉表親子のことを考えていました」

その返答に曹操は大笑い。長男を後継者にせず滅びた袁紹と劉表の名前を挙げ、自分に警告をしているのだと気づいたからです。こうして曹操は後継者を長男・曹丕に決定。賈詡は過去の失敗事例を暗に示すことで、曹操の後継者選びに道筋を立てたのです。

賈詡

賢い人は、真面目な会話の中にもユーモアを入れることが好き。直接表現するより、間接的に伝えたほうが喜ばれたりするのだ。相手の好みに合わせて言い方を変え、賢く生き抜こう。

 この時期、曹操の配下たちは「曹操を魏王にしよう」と計画。そして216年、曹操は「王」の爵位を受けています。

第69回

218年　配下の能力を見誤る曹操

好きな人の欠点は、気づきにくい。

曹操

曹操だって、時には配下の能力を見誤る。

ある日、占いの名手・管輅（かんろ）から「来年、都で火事が起きる」と予言された曹操。そこで彼は、夏侯惇に命じて都の警備を強化。また、王必に近衛兵の監督役を命じます。すると「王必は酒好きなので監督役は不適任かと……」と心配する司馬懿。しかし、曹操は

「彼はオレの苦難の時代から従ってきた忠臣だ。心配ない」

と反論。王必はそのまま近衛兵を指揮することになりました。

年が明けて1月15日の夜、突然火の手が上がります。反乱が起こったのです。しかし、近衛兵とともに飲み会の真っ最中だった王必は、ほとんど役に立てません。結局、夏侯惇が反乱を鎮圧したものの、王必は腕に矢を受け、その傷が原因で命を落としてしまったのです。

曹操

昔からの仲間は、どうしても甘い目で見ちゃうんだな。「気に入ってる人の能力は、実力の2割増しに見える」って、頭の片隅に置いておいたほうがいいぞ。

 この時期、曹操は幻術を使う左慈（さじ）を処刑しようと追い回し、それが原因で病に倒れてしまいます。

第70回

218年頃　黄忠を発奮させる孔明

「そこは私でしょう！」を引き出そう。

孔明

黄忠をわざと怒らせ、孔明は気合を入れた。

蜀を手に入れた劉備のもとに、「魏の曹操軍が攻めてきた」との知らせが届きます。敵は曹操お気に入りの名将・張郃。劉備が会議を開くと、孔明が「張飛殿を呼び戻して張郃と戦わせましょう」と提案。法正が「それより今ここにいる武将の中から選んで迎撃に向かわせるべきでは？」と聞くと、孔明はわざと「張郃は魏の名将。彼と戦えるのは張飛殿しかいません」と言い張ります。これに激怒したのが老将・黄忠。彼は

「ここにワシがいるではないか！」

と大声で叫び、「張郃の首はワシがとる！」と宣言。老将・厳顔とともに戦場へ向かい、見事に張郃を撃退したのです。

孔明

「君にできるの？」と言われて気落ちする人もいれば、逆に見返そうとしてやる気を出す人もいます、黄忠のようにね。

 このあと孔明は、同じ方法で再び黄忠を発奮させています。

第71回

218年頃　夏侯淵のモチベーションを上げる曹操

「どう言うか」は、相手による。

劉曄

ウォ〜〜
夏侯淵に「がんばれ」って言ったらがんばりすぎちゃいますよ
そうだな……
夏侯淵
曹操
劉曄

曹操は、相手の性格に合わせて表現を変えた。

魏の張郃を撃退した劉備軍は、漢中の攻略へ。一方、曹操は漢中を守る配下・夏侯淵がひたすら守りを固めていると知り、出撃を命令しようとします。しかし、劉曄が「夏侯淵は気性が荒いから、出撃すると敵にだまされる恐れがあります」と忠告。そこで曹操は指示を改め、手紙を夏侯淵に届けます。

手紙を受け取った夏侯淵は、思わずにんまり。そこにはこう書いてあったからです。

「オレはおまえの『妙才』を見たい」

「妙才」とは、素晴らしい才能のことであり、夏侯淵のあざな（別名）でもありました。自尊心をくすぐられ喜んだ彼は、計略を用いて慎重かつ勇敢に戦うことを決意したのです。

曹操

「出撃せよ！」と伝える時、その言い方は何通りもある。直接的な表現で叱咤することもあれば、今回のように期待を込めた表現でモチベーションを上げる方法もあるのだ。

 このあと、夏侯淵は敵の動きを見極め、劉備の配下を生け捕ることに成功。しかし、最後は黄忠に切られてしまいます。

第72回

219年　楊修を処刑する曹操

飛び抜けた才能は、上司的には鼻につく。

楊修

楊修の先読みは、曹操の悩みの種だった。

蜀の劉備と戦っていた魏の曹操。彼は戦い続けるか撤退するかを悩んでいました。ある日、鳥のスープに入っていた鶏肋（鳥のあばら骨）を見て、何気なく「鶏肋、鶏肋」とつぶやく曹操。すると、それを知った配下の楊修が「撤退の準備だ」と命令を出します。夏侯惇が「なぜ？」と聞くと、彼は「あばら骨は、食べるには肉がないが、捨てるには味がある。今の我が軍は進んでも勝利は得がたく、退けば笑われる恐れがあるが、ここにいても意味がないから曹操様は撤退するつもりなのでしょう」と自慢げに答えたのです。しかし、

「楊修が勝手に先読みした」

と知った曹操は、怒って楊修を処刑してしまいます。以前から曹操は、楊修が自分の才能を誇って勝手に行動することを苦々しく思っていたのです。

楊修

私はこんなに才能があるのに、なんで評価してくれないの？「才能」より「コミュニケーション力」が重要ってこと？

 曹操は以前から、楊修が三男・曹植にいろいろ入れ知恵をすることも憎んでいました。

第73回

219年　王になる劉備

無理なお願いのあとに、少し小さなお願いを。

孔明

孔明は、2段階に分けて劉備を説得した。

曹操との戦いに勝利し、領土を広げた劉備。彼が治める蜀では、「劉備を皇帝にしよう」というムードが高まります。そこで孔明は劉備に「皇帝に即位してください」と伝えることに。しかし、劉備は「私は漢王朝（献帝の王朝）の臣下だ。勝手に皇帝を名乗るなどできない」と言って断固拒否。すると孔明は、

「皇帝がダメなら、王はどうでしょう？」

と提案します。「王」は「皇帝」に従う立場にあり、それなら漢王朝に逆らうことにはならないからです。孔明は「皇帝になって」という大きなお願いをしてから、「王になって」という少し小さなお願いに変えることで劉備の説得に成功。劉備は王になることを決心したのです。

孔明

「5千円」で売っていたものが「3千円」に値下げされると、最初から「3千円」だったものより安く感じるでしょう？この説得方法も、それと似た心理効果があるんだと思います。

 この時期、関羽は不注意で火事を起こした糜芳（びほう）と傅士仁（ふしじん）を、棒叩きの刑にしています。

第74回

219年　命令を変更して城を守り抜く曹仁

言うことは、コロコロ変えよう。

曹仁

曹仁が城を守り抜けたのは、朝令暮改だったから。

蜀の劉備が王を名乗ると、魏の曹操は激怒。曹仁に「蜀の荊州を攻略せよ」と命じます。一方、劉備は荊州を守る関羽に「攻められる前に攻めよ」と命令。曹仁は「関羽が攻めてきた」と聞いて驚き、負けを重ねることに。さらに水攻めを受けて城壁が崩れはじめたため、「城を捨てて逃げよう」と判断します。

船を準備して逃げようとしたその時、満寵が「10日も経たないうちに水は自然と引くはずです。ここは重要な城。残って守り抜きましょう」と言って曹仁を制します。すると曹仁はうなずき、配下たちに「これから逃げようとする者は切る！」と大声で宣言。少し前まで自分も逃げようとしていたのに、それが間違いと気づいたら方針を真逆に変更したのです。曹仁はこの**見事な朝令暮改の判断**によって、城を守り抜くことに成功します。

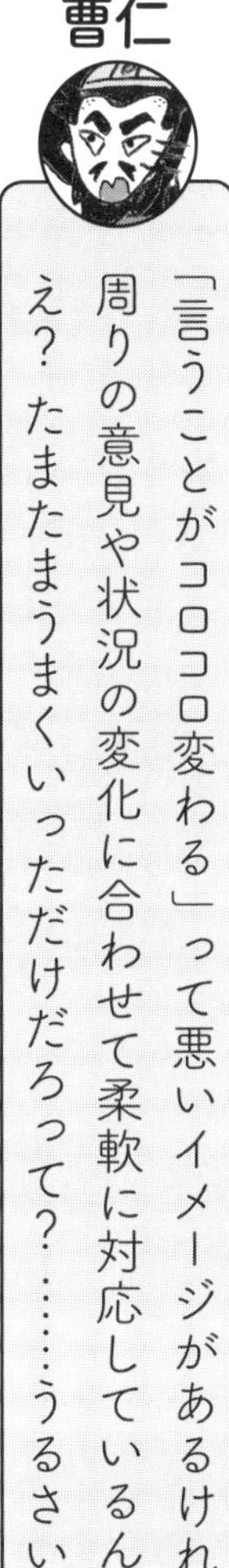

曹仁
「言うことがコロコロ変わる」って悪いイメージがあるけれど、周りの意見や状況の変化に合わせて柔軟に対応しているんだよ。え？ たまたまうまくいっただけだろって？……うるさい！

 関羽が水攻めをした際、泳ぎが得意だった関羽の配下・周倉（しゅうそう）が、水中に落ちた魏の龐徳を捕まえました。

第75回

219年　華佗にひじを手術してもらう関羽

「平気なフリ」も、リーダーの仕事の1つだ。

関羽

骨を削られても笑う。関羽はリーダーの鑑だ。

魏の曹仁が守る城を攻めていた蜀の関羽。その途中、彼は曹仁の放った毒矢をひじに受け、負傷してしまいます。そんな彼を心配した息子・関平は、名医・華佗に関羽のひじを診察してもらうことに。華佗が「毒が骨まで届いているが、骨を削れば完治します。ただ、関羽様が手術を怖がらないかが心配です」と言うと、関羽は

「ワシは世の凡人とは違う。怖がりも痛がりもしない」

と言って手術を始めさせたのです。ガリガリと骨を削る音。関羽以外のだれもが真っ青になり、顔をおおいます。しかし、関羽は手術中も酒を飲み、笑いながら碁を打ち続ける余裕ぶり。手術が無事終了すると、痛みを全く態度に出さなかった関羽に対し、華佗は「あなたは天神のようだ」と称賛したのです。

関羽

ワシがひじを痛がれば、配下の士気が下がってしまうだろう。時には我慢して配下に安心感を与えることも、リーダーの仕事だ。

 手術後、華佗は報酬を受け取らず、薬を置いて去って行きました。

第76回

219年　呂蒙に城を奪われる関羽

断る時の最後の手段は、「上からの命令なので」。

呂蒙

攻めろー
仲良くしようって言ってたじゃん！
すみません上司の命令なので
呂蒙
関羽

関羽の使者を、呂蒙は上手に追い返した。

ひじを治した蜀の関羽に、とんでもない悲劇が起こります。魏の曹仁の城を攻めている間に、本拠地である荊州を呉の呂蒙に奪われてしまったのです。呂蒙は以前、関羽に「魏をいっしょに倒そう」と友好的な手紙を送ってきていた武将。驚いた関羽は、突然の裏切りに説明を求めようと呂蒙に使者を送ります。すると、使者をていねいに迎えた呂蒙は「関羽将軍と仲良くしていたのは個人的なことであり……」と切り出してから、続けてこう言ったのです。

「今回は上からの命令なので、どうにもできません」

こうして交渉に失敗した関羽は、荊州を失って孤立。やがて呂蒙軍に捕まり、処刑されてしまったのです。

呂蒙

「断りたいけど、なんて言えばいいだろう」ってこと、あるよね。その場合の最終手段は、「自分に決定権がない」と告げちゃうこと。「無能」「無責任」と思われるけど、相手はあきらめるしかないから。

 この時期、蜀の糜芳と傅士仁は、関羽を裏切って呉に降伏しています。

第77回

219年頃　関羽の首を手厚く葬る曹操

さりげない責任転嫁に要注意。

司馬懿

劉備の怒りの矛先は、関羽の首の扱い方で決まる。

荊州を手に入れ、蜀の名将・関羽を処刑した呉の孫権。しかし、参謀・張昭は「関羽を失った劉備は、怒って必ずこちらに攻めてくるはず」と不安を口にします。彼は続けて「関羽の首を魏の曹操に送りましょう。『曹操の指図でやった』と劉備にアピールして、彼の怒りを魏に向けさせるのです」と提案。そこで孫権は関羽の首を木箱に入れ、曹操に送ったのです。

「呉から関羽の首が届いた」と知らされた曹操は、「これでぐっすり眠れる」と大喜び。彼は関羽の能力にほれこみながらも、敵として恐れていたからです。しかし、配下・司馬懿が

「これは呉が我々に責任をなすりつける計略です」

と忠告。司馬懿の説明を聞いた曹操はハッと気づき、劉備が怒らないよう関羽を手厚く葬ることに。張昭の思惑は司馬懿によって見抜かれ、劉備の怒りは呉に向けられたのです。

司馬懿

世の中には、仲間の顔をしてシレッと責任を押し付ける人がいる。特に、頼んでもいないのにいい話を持ってくる人には要注意だ。

 劉備は「関羽が処刑された」という報告を聞き、気絶してしまいます。

第78回

220年　病で亡くなる曹操

過去の経験は、時に思考を鈍らせる。

曹操

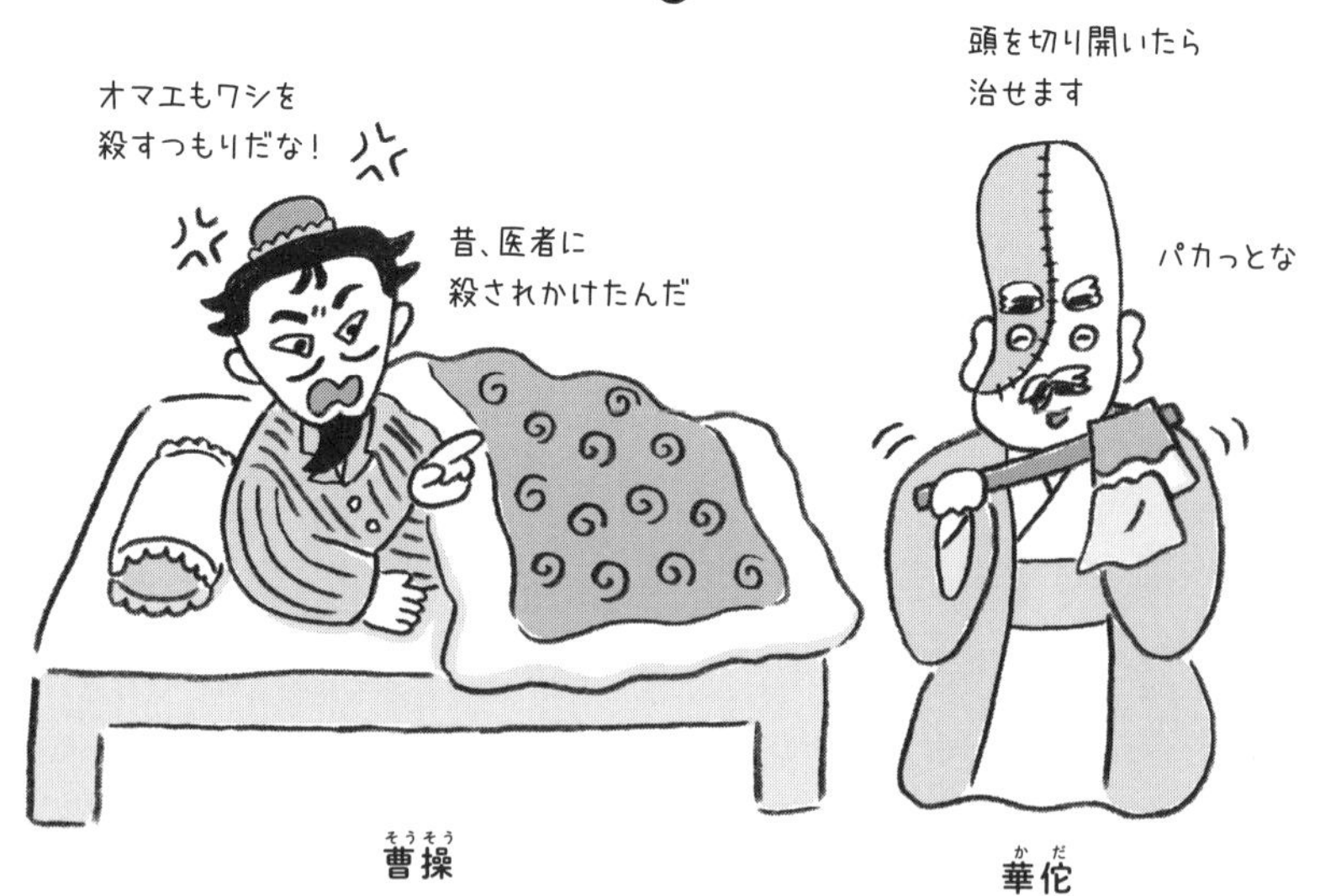

昔のトラウマが、曹操の寿命を縮めた。

関羽の首を埋葬した魏の曹操。するとそれから毎晩、関羽の姿が頭に浮かんで離れません。彼は気分を一新するため、新しい宮殿を作りはじめます。しかし、材木用に神木を切ってしまい、その夜から今度は頭痛に悩まされることに。そこで名医・華佗に診察させると、「おので頭を切り開き、病の原因を取り除けば完治します」と告げられます。曹操は「オレを殺す気か！」と激怒。以前、医者の吉平に殺されかけたこと（P65）を思い出した彼は、

「おまえは吉平と同類だな！」

と言い放ち、華佗をろうやに閉じ込め、殺してしまいます。結局、治療を受けずに症状が悪化した曹操は、長男・曹丕を後継者に指名して死んでしまうのです。

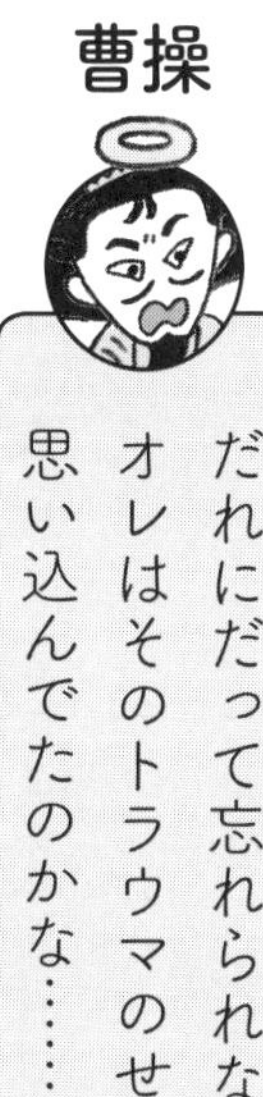

だれにだって忘れられない嫌な思い出や苦い過去があるだろう。オレはそのトラウマのせいで、「医者＝信用できない」と思い込んでたのかな……いや、体調悪くて機嫌悪かっただけかも。

 華佗が「関羽も手術をしたが、びくともしなかった」と言うと、曹操は「さては関羽の仲間だな！」と怒りました。

第79回

220年頃　劉封を処刑する劉備

怒りと後悔は、いつだって隣り合わせ。

劉備

裏切る気なんてなかったのに～
殿のことを思ってたのに～
勢いで処刑しちゃって
ごめんなさい～
劉封（りゅうほう）
劉備（りゅうび）

怒って処刑後、劉備の心に残ったのは後悔だった。

関羽の命を奪った呉の孫権を恨む劉備。彼は配下の孟達（もうたつ）と劉封のことも恨んでいました。2人は関羽から助けを求められた際、援軍を送らなかったからです。

孟達は劉備に罰せられることを恐れ、魏の曹丕（曹操の後継者）に降伏してしまいます。さらに孟達は劉封にも降伏をすすめますが、劉封は拒否。彼は孟達と魏軍に追われ、劉備のもとへ逃げ帰ったのです。

蜀の都に戻った劉封は、劉備の前で泣きながらひれ伏します。しかし、激怒した劉備は話をよく聞かないまま、**怒りに任せて劉封を処刑。**やがて処刑後、劉封が孟達の降伏の誘いに乗らず命がけで戦ったと知り、後悔することに。劉備はその悲しみを引きずり、病に倒れてしまうのです。

劉備

怒ってる時に何かを決断しちゃいけないんだね。周りの人にも迷惑だし、自分にとっても後悔が1つ増えるだけ。劉封……ごめんよ。

第80回

220年　漢王朝を滅ぼし、魏王朝の皇帝となる曹丕

1800年前も、「おどし」がありました。

献帝

献帝（けんてい）

華歆（かきん）

漢王朝は、華歆の脅迫で幕を閉じた。

魏では曹操が亡くなり曹丕があとを継ぐと、配下たちが「今の皇帝（献帝）を追いやって曹丕様を皇帝にしよう」と考えはじめます。そこで華歆たちが献帝に、「皇帝の座を曹丕様へ譲ってください」と伝えることに。しかし、献帝は拒否。すると次の日、華歆は暴挙に出ます。武将たちを従え、献帝に「もし従わないのなら、あなたに災いが起こるでしょう」とおどしたのです。彼はさらに献帝につかみかかり、声をあらげて叫びます。

「さあ、どうするのかさっさと返事を！」

献帝が周りを見渡すと、数百人もの魏の兵士たち。あきらめた彼は、泣く泣く「皇帝の座を譲ろう」と告げます。こうして漢王朝は滅び、魏王朝の初代皇帝に曹丕がついたのです。

献帝

権力を握った人たちが、好き放題に暴走する……。こんなおどしが当たり前のように許されてしまうこの国は、これからどうなっちゃうんだろう。

 魏の王朗（おうろう）も、献帝に「漢王朝の命運は尽きたのだ」と言い、皇帝の座を曹丕に譲るよう迫っています。

第81回

221年　蜀で皇帝となり、呉を攻める劉備

判断の決め手は、「良い悪い」より「好き嫌い」。

劉備

劉備が呉を攻めたのは、個人的な恨みから。

「漢王朝が滅び、魏の曹丕が皇帝になった」と知った蜀の劉備はひどく悲しみ、また病に倒れてしまいます。彼はこれまでずっと、漢王朝復興のために戦ってきていたからです。

やがて体調が戻ると、配下たちにすすめられ、劉備も皇帝になることに。配下たちの前で彼は「関羽の敵（かたき）を討つために呉を攻める」と宣言します。しかし、趙雲が「漢王朝を滅ぼした曹丕を倒すことが公的な問題であり、関羽の敵討ちは私的な問題です」と反対。それでも劉備は「呉を攻める」の一点張り。

「敵討ち以外ありえない」

と言い放ち、憎き呉を倒そうと75万の軍勢を率いて進軍しはじめたのです。

劉備

頭では「やめたほうがいい」と分かっていても、心が「やるしかない」って叫ぶことってあるよね。最後はやっぱり、理性より感情で動いちゃうな、ぼくは。

 このあと、酔って寝ていた張飛が配下の范疆（はんきょう）・張達（ちょうたつ）に裏切られ、命を落としてしまいます。

第82回

221年頃　曹丕に貢ぎ物を贈る孫権

ものですむなら、ケチらずあげよう。

孫権

孫権は、国を守るためなら貢ぎ物をケチらない。

蜀の劉備が攻めてくると知った呉の孫権は大あわて。彼はすぐに孔明の兄・諸葛瑾(しょかつきん)を和睦の使者として送るも、劉備に追い返されてしまいます。そこで孫権は考えを改めます。形式上、魏の曹丕に降伏し、自分の味方になるようお願いしたのです。さらに彼は、曹丕に対してたくさんの豪華な貢ぎ物を用意します。張昭が「そこまでやらなくても……」と言うと、

「こんなものは惜しくない」

と笑う孫権。蜀の大軍が攻めてくる今、一番優先するのは国を守ること。「そのためならなんでもやろう」と考えていた彼は、曹丕に頭を下げ、貢ぎ物を贈ることで魏と良好な関係を築くことに成功。劉備迎撃に集中する環境を整えたのです。

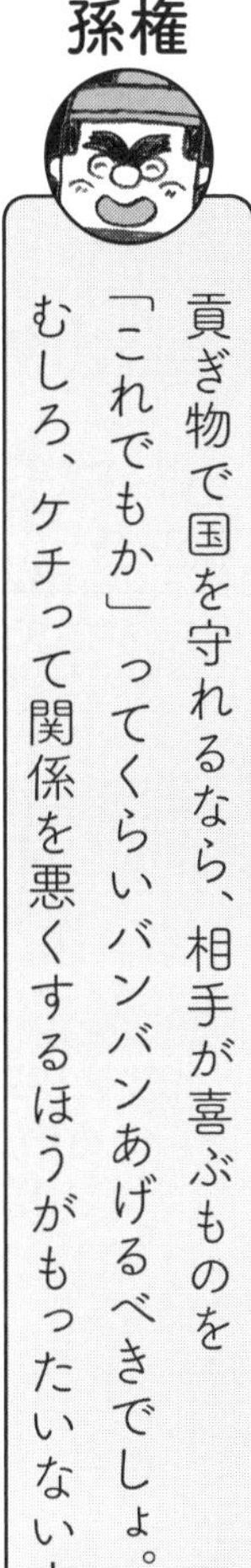

孫権
貢ぎ物で国を守れるなら、相手が喜ぶものを「これでもか」ってくらいバンバンあげるべきでしょ。むしろ、ケチって関係を悪くするほうがもったいない！

 劉備は使者の諸葛瑾に「孫権に『首を洗って待っていろ』と伝えよ」と言い、追い返しました。

第83回

222年　劉備に処刑される糜芳・傅士仁

人の恨みは、自分が思っているより深い。

糜芳・傅士仁

裏切り者が謝ると、劉備はさらに激怒した。

75万の大軍を率いて呉の孫権を攻める蜀の劉備。その勢いはとどまることなく、呉は劣勢に立たされてしまいます。それに怖じ気ついたのが糜芳と傅士仁。以前、関羽を裏切って呉に降伏していた2人は「このままだと呉は負ける」と考え、今度は呉を裏切ることを決意。かつて関羽を捕らえた武将・馬忠を殺し、手土産としてその首を持って行き、劉備に面会してわびたのです。しかし、2人の想像以上に劉備の恨みは根深く、彼は激怒して叫びます。

「今頃なぜ戻ってきた！」

糜芳と傅士仁の心を見抜いていた劉備は、続けて「どうせ命を助けてもらいたいだけだろう！」と言い放ち、2人を処刑したのです。

傅士仁　糜芳

糜芳「劉備様、すげー怒ってたね……あんなキレるなんて」
傅士仁「オレら、人の気持ちを読む力が低いのかもね……」

 この時期、蜀の黄忠が呉軍の矢を受けて負傷し、それが原因で命を落としてしまいます。

第84回

222年　劉備に勝利する陸遜

「決断する人」は、いつだって孤独だ。

陸遜

自分を信じ続けた陸遜が、呉の危機を救った。

劉備が率いる蜀軍を止められない呉の孫権。頭を抱えていると、配下の闞沢が「陸遜を総司令官にするべきです」と提案します。一方、張昭や顧雍は「陸遜はまだ若い」「現場の武将たちが陸遜の命令を聞かないだろう」と反対。しかし、孫権は陸遜を総司令官に任命します。

陸遜が戦地に着くと、「なぜ陸遜が総司令官に？」と不満をもらす現場の武将たち。彼らが何度「攻めましょう」と提案しても、陸遜は一貫して「守る」と言って拒み続けます。陸遜のいないところでは、「ヤツには何も考えがない」「臆病者」とののしる武将たちの姿が。しかし、陸遜は**批判や陰口に心を惑わされず、**徹底して守り続けます。

やがて蜀軍が長い遠征で油断し、だらけた頃合いを見極めたところで、ついに攻撃を命令。陸遜は自分を貫くことで大勝利を収めたのです。

陸遜

無責任な批判や陰口に流されない勇気を持とう。
決定権を持つ立場で孤独を感じたら、
それは成功する一歩手前かもしれないよ。

 出撃したがった呉の武将は、韓当、周泰（しゅうたい）、徐盛、丁奉たち。陸遜は彼らを制止し続けました。

第85回

223年　病で亡くなる劉備

引き継ぐ相手は明確に。

劉備

劉備の明確な遺言に、戸惑う人はいなかった。

呉の陸遜に大敗した蜀の劉備。75万の軍を率いていたのに、白帝城（はくていじょう）に逃げ戻った際に従っていた者はわずか100人ほど。たくさんの配下を失った彼は白帝城にとどまり、やがて病に倒れてしまいます。そこで劉備は都に使者を送り、孔明を呼び寄せることに。危篤状態の劉備は、「我が子・劉禅が無能なら、おまえが主となれ」と告げます。孔明は泣きながら「私は必ず忠義を尽くします」と返答。これを聞いた劉備は、長男・劉禅宛に

「孔明を父と思って、孔明とともに国を治めよ」

と遺言を残し、息を引き取ってしまいます。こうして蜀の皇帝の座は劉禅に引き継がれることに。孔明は彼のもとで、内政・外交の指揮をとるようになったのです。

劉備

引き継ぐ時は、残された人たちがもめないよう、「だれに何を引き継ぐか」をしっかり伝えよう。ぼくの場合はぜーんぶ孔明に引き継いだけどね。

 白帝城は、蜀の都へ戻る途中にある城です。

第86回

223年　孫権を説得する鄧芝

人は人の本気に弱い。

鄧芝

命をかけて、鄧芝は呉の侵攻を止めた。

劉備が亡くなり、「魏の曹丕と呉の孫権が同時に攻めてきそうだ」という情報を聞きつけた蜀の孔明。彼は呉の侵攻をやめさせるため、使者として鄧芝を送り込みます。
一方、孫権は油の煮立つ大きな器を用意し、兵を並ばせて鄧芝を待ち構えることに。このおどしにどう反応をするかで、対応を決めようと考えたのです。やがて呉に到着した鄧芝は、油の器や兵を恐れることなく、呉と蜀が手を結ぶメリットを堂々と説明。最後に「もし私の話が間違いだと思うなら……」と切り出すと、

「ここで命を絶ちましょう」

と言い残し、油の器に飛び込もうとします。あわてて鄧芝を止めた孫権は、彼を信じ、蜀と手を結ぶことを決意。鄧芝の命がけの交渉によって、呉の侵攻は回避されたのです。

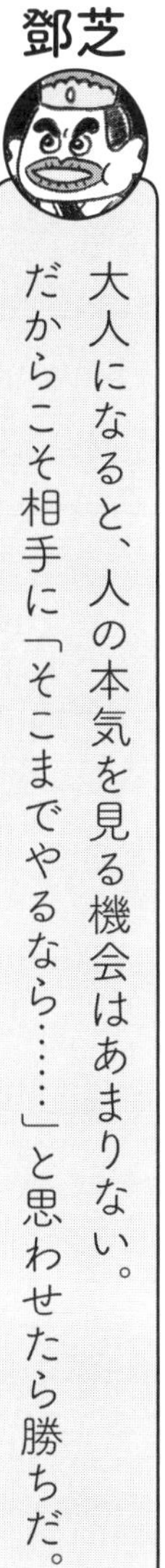

鄧芝
大人になると、人の本気を見る機会はあまりない。だからこそ相手に「そこまでやるなら……」と思わせたら勝ちだ。

 鄧芝から「1人の使者を恐れてここまでするとは、なんと度量の狭いこと」と言われ、孫権は恥じ入ります。

第87回

225年　南蛮平定に向かう孔明

「面倒臭いこと」こそ、人に任せず自分でやろう。

孔明

南蛮平定は面倒な仕事。だから孔明は自分でやる。

呉の孫権と同盟を結んだ蜀の劉禅。彼は蜀の政務を孔明に託し、孔明は国をよく治め、さらに豊作も続き、しばらく平和な日々が続きます。そんなある日、「南蛮王・孟獲（もうかく）が反乱を起こした」という知らせを受けた孔明。彼はさっそく劉禅にこう伝えます。

「私が南蛮平定に向かいます」

しかし、他の配下が「南蛮は熱病の心配もあり、危険です。それに、わざわざ孔明様が行かなくても平定できます」と反対。それでも孔明は考えを変えず、「南蛮は都から遠く、人々を服従させるのは難しい。押したり引いたり、いろいろ考えなければならない。だから人に任せるわけにはいかないのだ」と言い、みずから50万の軍を率いて南蛮に向かったのです。

孔明

「こうやればうまくいく」と自分の中でイメージがあるのなら、たとえ手間のかかることでも自分でやりましょう。もし人に任せるのなら、あとから口を挟むのはルール違反ですよ。

 南蛮は中国の南西地域。蜀の都から見ると南に位置しています。

第88回

225年　孟獲を何度も捕まえる孔明

「定期的に言おう、頼りにしています」。

孔明

遠征中、孔明は「君たちが頼りだ」と配下に伝えた。

50万の軍を率いて南蛮平定に向かった孔明。彼は南蛮王・孟獲が心から服従するまで、長い目で見て戦おうと考えます。慣れない土地での戦は困難も多く、毒の川では多くの兵士を失うことに。それでも勝利を重ねた孔明は、孟獲を3回も捕まえます。しかし、まだ孟獲に服従する気がないと見るや、「次に捕まったら降伏する」と誓わせて解放。その後、配下たちに「3回も捕まえて解放したのは、孟獲を心から服従させるためだ」と説明し、

「君たちを頼りにして、大きな成功を手にしたい」

と最後に付け加えます。孔明の言葉に配下たちの士気も急上昇。孔明はうまく配下たちのモチベーションをコントロールしながら、引き続き南蛮平定を進めていったのです。

孔明

長期プロジェクトでは、だれでも気持ちがだれてきます。メンバーにはプロジェクトの目的や決定を毎回しっかり説明し、定期的に感謝を伝え、全員がやりがいを感じる環境を作りましょう。

 孔明は宴会を開いて孟獲をもてなしてから解放するなど、少しずつ彼の心をほぐしていきました。

第89回

225年　孔明に何度も逃してもらう孟獲

「あと1回だけ！」は、何度も言ってしまう。

孟獲

孟獲は、捕まることに慣れてしまったのかも？

蜀に対して反乱を起こした南蛮王・孟獲。しかし、鎮圧に来た孔明に負け続けてしまいます。どんな手を使って抵抗しても、天才軍師・孔明は全てお見通し。孟獲の裏をかいたり、孟獲の仲間に裏切らせたりして、何度も彼を捕まえます。それでも、孟獲は服従しようとしません。捕まるたびに「今回は仲間が裏切ったから負けた」「今回は道が狭くて失敗しただけ」など言いわけばかり。そして、毎回最後に

「次、捕まったら絶対に降伏するから！」

と言って許してもらおうとする孟獲。「あと1回だけ」を乱発し、その場しのぎで戦い続けた結果、彼は孔明に7回も捕まることになってしまいます。

孟獲

最初は本当に「あと1回だけ」と思ってたんだけど、何度も捕まってるうちに言うのがクセになっちゃったのかも。オレ、死ぬまでに「あと1回だけ」って何回言うんだろう……。

 孔明は「孟獲を捕まえるのは、袋の中から物を取り出すようにかんたんだ」と言っていました。

第90回

225年頃　南蛮を平定する孔明

全てを任せられると、人はその思いに応えたくなる。

孔明

孔明は、南蛮の統治を全て現地の人に任せた。

反乱を起こした南蛮王・孟獲を、捕まえるたびに解放し続けた孔明。孟獲は7回も捕まり、ついに降伏することに。涙を流して心から服従を誓います。孔明に付き添っていた費禕（ひい）は「南蛮に都から役人を派遣して支配させるべきです」と提案。しかし孔明は「役人を派遣するなら、兵士も送らなければならない。その食糧も必要になる。さらに今回の戦で家族を失った人々も多いから、よそ者が支配すれば問題も多くなるだろう」と反対します。そして、

「我々が何もしなければ、自然と平和になるはずだ」

と言って現地の人々に統治を任せることに。すると南蛮の人々は孔明に感謝し、「二度と反乱をしません」と宣言。こうして南蛮は無事平定されたのです。

現場に任せたほうがチェックする手間がかからないし、任された人のモチベーションも能力も一気に上がりますから。「立場が引き出す人の力」って本当にすごいと思いますよ。

 南蛮では孔明を「慈父（じふ）」と呼ぶようになりました。

第91回

226年頃　役職を失う司馬懿

ウワサを流す人より、ウワサを信じる人に気をつけよう。

司馬懿

裏切りますよ
司馬懿は

えっ

司馬懿は
危ないヤツですよ

王朗（おうろう）　曹叡（そうえい）　華歆（かきん）

ウワサが原因で、司馬懿は一度失職した。

蜀の孔明が南蛮を平定後、魏では皇帝・曹丕が亡くなります。あとを継いだのは15歳の曹叡。彼は司馬懿を雍州・涼州の軍事責任者に任命します。

司馬懿の才能を恐れた孔明は、配下の馬謖の提案に従い、「司馬懿が反乱しようとしている」というウワサを魏の国内で流すことに。ウワサを耳にした曹叡が配下の華歆や王朗に相談すると、**司馬懿のことをよく思っていなかった2人**は

「そういえば昔、曹操様も『司馬懿に軍事権を渡すのは危険』と言っていましたよ」

「彼には野心があるから、今のうちに処罰しないと災いが起こるでしょう」

と言って曹叡の不安を一層かきたてます。その後、司馬懿は曹叡に会うと、必死で「無実です」と弁解。しかし信用されず、役職を外されて故郷に帰らされてしまうのです。

司馬懿

敵が悪いウワサを流すのはある意味仕方がないことだけど、味方がそれを信じてさらに悪く言うって……おかしくない？ 困るよねぇ、「あの人はヤバイ」とか勝手にウワサを広げる人。

 雍州・涼州は魏の西側の地域。このあと司馬懿の代わりに曹休（そうきゅう）が雍州・涼州の軍事責任者になりました。

第92回

227年　夏侯楙に追いつめられる趙雲

年下のことは、どうしても見下しやすい。

趙雲

冷静沈着な趙雲も、歳を重ねて油断した。

魏の知将・司馬懿を失脚させた蜀の孔明は大喜び。司馬懿がいない間に魏を倒そうと、老将・趙雲を先鋒にして軍を進めます。対する魏の将軍・夏侯楙はまだ若く、初めて戦場に出る青二才。初戦で大勝利を収めた趙雲は、翌日も魏軍を迎え撃とうとします。鄧芝が「昨日大敗した魏軍が、今日も攻めてくるのはおかしいのでは?」と忠告しても、趙雲は、

「あんなはなたれ小僧、すぐに捕まえてやる」

と言って突撃。するとワナにはまり、敵に囲まれてしまうことに。夜になり休んでいると、魏軍が再び押し寄せ、矢と石が雨のように降り注ぎます。「ここで死ぬのか」と天を仰ぐ趙雲。しかしその時、援軍の張苞(ちょうほう)・関興(かんこう)が駆けつけ、間一髪で命を救われたのです。

趙雲

人は相手が年下というだけで、少し優越感を持ってしまうのかも。歳をとってからのほうが「謙虚な気持ち」って大切なんだな。

孔明は老将・趙雲に万が一のことがあってはと考え、張苞・関興に趙雲を援護するよう命じていました。

第93回

227年　逃げる夏侯楙を追わない孔明

小者に時間と手間を費やすな。

孔明

バーカ
バーカ

夏侯楙

いいのいいの

夏侯楙は捕まえなくて
いいのですか？

孔明

夏侯楙を追いかけるほど、孔明は暇ではない。

趙雲・張苞・関興たちとともに魏を攻めていた蜀の孔明。彼は趙雲に計略を授け、天水城を攻めさせます。しかし、魏の姜維（きょうい）に計略を見抜かれて趙雲は敗北。作戦が失敗したと知って孔明は驚き、今度はみずから大軍を率いて攻め込みます。すると姜維の見事な指揮によって、孔明も敗北することに。そこで彼は、「姜維が裏切った」というウソの情報を魏軍に流し、信頼関係を崩して姜維を降伏させることに成功します。

やがて天水城も手に入れた孔明。配下から「逃走中の魏の将軍・夏侯楙を捕まえないのですか？」と聞かれると、「夏侯楙は小者」と思っていた彼は、こう答えます。

「夏侯楙を許すのは、1羽のカモを逃す程度のことだ」

孔明は逃げる夏侯楙を相手にせず、さらに魏を攻め続ける準備を整えたのです。

孔明

怒らず、気にせず、関わらず。
これが相手に対して「小者だな」と思った時の三か条です。

 天水城を失った夏侯楙は、西のほうへと逃げていきました。

第94回

228年　孟達の裏切りを防ぐ司馬懿

事前確認か事後報告か、そのバランスが仕事力。

司馬懿

司馬懿は指示を待たず、独断で魏の危機を救った。

蜀の孔明に攻められ、あわてふためく魏の曹叡。すると配下・鍾繇（しょうよう）が「孔明と戦えるのは司馬懿だけです」と提案します。司馬懿を解任したのを後悔していた曹叡は、すぐに彼を復職させることに。復職した司馬懿は、蜀に降伏しようとしている孟達を急いで攻めに向かいます。要所を守る孟達が蜀に降伏すれば、魏は窮地に立たされるからです。長男・司馬師から「曹叡様に確認するのが先では？」と言われても、司馬懿は

「確認していては間に合わない。今すぐ行くぞ！」

と独断で軍を進め、孟達を攻撃。裏切りを未然に防ぎます。のちに曹叡から感謝された彼は、「これから急を要する場合、確認なしで行動してよい」という特別許可をもらったのです。

司馬懿

事前に確認するか、事後報告にするか……その判断は難しいよな。成功すれば「臨機応変な行動」、失敗すれば「勝手な行動」だし。ただ、上にのしあがりたいならこのバランス感覚は必須だよ。

孟達は、予想以上に早く司馬懿が攻めてきたため、城を奪われ、命を落としてしまいます。

第95回

228年　街亭の戦い

同じことでも、言い方次第で相手の気分は激変する。

孔明

孔明は戦術のプロであり、説得のプロでもある。

孟達の裏切り計画が失敗すると、蜀の孔明は魏との決戦で要所となる街亭の守備に、馬謖を送り込みます。それだけでは不安だった孔明は、他の武将も周辺に配置。さらに魏延を呼んで「街亭の裏側を守れ」と指示します。しかし、「なぜ私がそんなところに」と不満をもらす魏延。今まで数々の軍功を積んできた彼にとって、援護のような任務は魅力的でなかったからです。すると孔明は魏延に「君に街亭を援護させるのは、ここがとても要所であり……」と語りかけ、続けて

「それを守るのが大将である君の役目だからだ」

と一言。これを聞いた魏延は大喜び。勇んで街亭の支援へと向かったのです。

孔明

お願いごとをする時は、思いを素直に伝えることも大切ですが、相手が引き受けたくなる言い方を考えることも重要。「なんと言われたらうれしいか」を想像するのです。

 馬謖は「私は幼い頃から兵書を熟読しているから、街亭くらい守れる」と言い、街亭の守備に立候補しました。

第96回

228年　泣いて馬謖を斬る

軽く聞き流していたことほど、大きな失敗に直結する。

孔明

馬謖を処刑後、孔明は劉備の言葉を思い出していた。

魏との決戦に向け、要所・街亭の守備に向かった蜀の馬謖。彼は補佐役・王平（おうへい）の忠告を聞かず、山頂に陣を取って囲まれてしまい大敗。街亭を失ってしまいます。これまで孔明は馬謖を我が子のようにかわいがっていましたが、泣く泣く彼を処刑することに。処刑が終わっても孔明は泣き止みません。「どうしてそこまで泣くのですか？」と蔣琬（しょうえん）がたずねると、

「昔、劉備様から『馬謖を重く用いるな』と忠告されていたのを思い出したからだ」

と答える孔明。彼は馬謖の能力を疑っていた劉備の指摘を思い出し、後悔していたのです。

孔明

「あの時の言葉、今になってよく分かる」とか言うけれど、本当は「あの時」にちゃんと響いてないと意味がないのですね。あとから身に沁みても遅いんだって、今、気づきました。

 魏の司馬懿は相手が馬謖だと聞くと、「あいつは虚名ばかりの凡才だ」と笑いました。

第97回

228年頃　郝昭に手こずる孔明

「怒り」と「軽視」は、思考をひどく浅くする。

孔明

天才軍師・孔明も、感情的になると苦戦する。

街亭を失い撤退した蜀の孔明。魏の曹叡は孔明が再度攻めてきた時のため、郝昭に防備を命じます。やがて30万の軍を率いて再び出兵した孔明は、郝昭に使者を送り「降伏せよ」と伝えることに。しかし、郝昭は二度も拒否。激怒した孔明は、ただちに城攻めを決意します。相手の城には3千人ほどしかいないと知り、

「こんな小さな城で、私を防げると思ったのか！」

と言い放つ孔明。しかし、彼がはしごをかけて攻めようとしても、戦車を使っても、トンネルを掘って場内に忍び込もうとしても、全て郝昭に防がれてしまいます。結局、20日以上攻めても攻略できず、魏の援軍が到着し、さらに戦が長引いてしまうのです。

孔明

怒ったり相手を軽く見てる時って、頭が感情に支配されて、論理的に考えられなくなってるんですよね。私も郝昭に対して、つい……。

 曹叡に郝昭の抜擢をすすめたのは司馬懿でした。

第98回

229年頃　郝昭が守る城を奪う孔明

リーダーが必要なのは、調子のいい時よりピンチの時。

孔明

郝昭のいない魏軍は、あまりにも無力だった。

魏の郝昭が守る城を攻めあぐねていた蜀の孔明。そんな彼のもとに、ある日「郝昭が重病」という情報が届きます。喜んだ孔明はすぐに準備を整え、城を急襲することに。

一方、郝昭が病に倒れる中、急に攻められた魏軍は大あわて。郝昭は苦しみながら指揮をとろうとするも、門が燃え上がり、軍が大混乱に陥ったのを知ると、驚いて死んでしまいます。やがて孔明は一斉に城へ突入。難なく城を手に入れます。

「リーダーのいない軍は、必ず乱れるものだ」

城内に集まった配下たちにこう告げた孔明。城攻めに長く苦戦していた彼でしたが、郝昭が機能しないと見るや、リーダー不在の魏軍を混乱に陥れ、一気に勝利をもぎとったのです。

孔明

チームの流れがいい時は、リーダーがいなくてもうまく回るもの。リーダーが本当に必要とされるのは流れが悪い時。ピンチでリーダーを失った魏軍は、実に戦いやすい相手でしたよ。

 この時期、呉では孫権が皇帝に即位。これで魏、呉、蜀にそれぞれ皇帝が存在することになります。

第99回

229年　孔明を追撃して大敗する司馬懿

自信がない時の、もっともらしい助言に注意。

司馬懿

張郃の熱弁に負け、司馬懿は大ヤケドを負った。

孔明率いる蜀軍を止めるため、大都督に任命された魏の司馬懿。しかし、彼は孔明にかなわず連敗してしまいます。司馬懿は「孔明は本当に神のような人間だ」と言い、守りに徹することに。

すると、なぜか撤退しはじめる蜀軍。それを見た張郃は司馬懿に「蜀軍は食糧が尽きたのでしょう。今こそ攻め時です」と訴えます。しかし、司馬懿は孔明の策略だと考え、うなずきません。それでも日に日に撤退を進める蜀軍。「なぜ攻めないのですか!」と繰り返し抗議する

張郃の言葉に、司馬懿は根負け。

追撃を許可してしまいます。

しかし、やはりこれは孔明のワナ。待ち構えていた蜀軍に襲われ、魏軍は大敗。大損害を受けた司馬懿は激怒し、配下たちに「以後、命令に従わない者は処刑する」と宣言したのです。

司馬懿

自分に自信がない時ほど、勢いで説得してくる人には要注意!人に流されて失敗すると、あとでものすごい後悔に襲われるぞ。

 大敗した司馬懿は、配下たちに向かって「君たちが私を信用せず、敵を追撃したから負けたのだ」と責めました。

第100回

231年頃　悪いウワサのせいで撤退させられる孔明

いいウワサより、悪いウワサに人は飛びつく。

劉禅

孔明の悪いウワサを、劉禅はすぐに信じた。

魏の司馬懿との戦いに勝利後、体調を崩して都に戻っていた蜀の孔明。すると魏の曹真(そうしん)・司馬懿が40万の軍を率いて蜀に攻め込みます。しかし、途中で曹真は病に倒れ、残された司馬懿は孔明に撃退され、結局守りを固めることに。そんなある日、司馬懿のもとに「苟安」と名乗る蜀の男が降伏してきます。彼は酒好きで仕事をさぼり、その罰として孔明に棒で叩かれたため、恨みを抱いて裏切ったのです。そこで司馬懿は苟安を蜀の都に戻らせ、

「孔明が反乱を起こそうとしている」

というウワサを流させます。それを信じた蜀の皇帝・劉禅は、孔明にすぐ都に戻るよう命令。孔明は司馬懿を倒すチャンスを目前にしながら、泣く泣く撤退することになるのです。

悪いウワサって、なんであんなすぐ広まるんだろうね。人には、いい話より悪い話を気にする本能があるんだろうなぁ。まあ、悪いのは本能じゃなくてウワサを信じちゃうぼくだけどさ。

 病に倒れた曹真は、孔明から挑発的な手紙を受け取り、読み終わると怒りがこみ上げ、命を落としてしまいました。

第101回

231年　兵士のモチベーションを上げる孔明

「やれ」と強制されないほうが、人はもっとやりたくなる。

孔明

孔明は戦うことを強制せず、配下は勇敢に戦った。

蜀の都に戻り、劉禅の誤解を解いた孔明。彼は魏を倒そうと再び出兵します。戦いが持久戦になると、孔明に「そろそろ交代の時期です」と伝える配下の楊儀（ようぎ）。蜀軍は8万の兵士を4万ずつ100日ごとに入れ替えることにしていたのです。しかし交代しようとしたその時、魏軍に攻め込まれることに。楊儀が「敵と戦ってから交代させましょう」と提案すると、孔明はこう言って反対したのです。

「彼らの家族が待っている。今すぐ交代させてよい」

その言葉に感激した兵士たち。「残って戦いたいです」と言い、交代せずに出撃を願い出ます。すると士気の高い彼らはあっという間に魏軍を追い払い、勝利を手にしたのです。

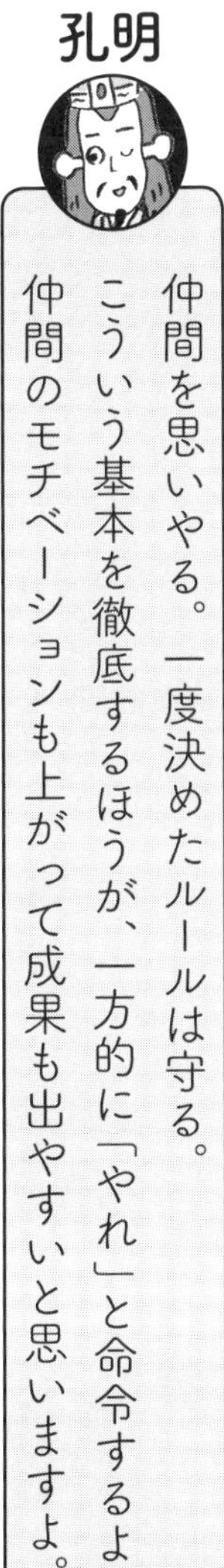

孔明
仲間を思いやる。一度決めたルールは守る。
こういう基本を徹底するほうが、一方的に「やれ」と命令するより
仲間のモチベーションも上がって成果も出やすいと思いますよ。

 このあと、蜀の李厳（りげん）が「呉が攻めてくる」とウソをついたため、孔明はまたも都に戻ることになります。

第102回

234年　木牛・流馬を用いて大勝する孔明

真似されることを前提に生きていく。

孔明

「木牛・流馬」の真実は、蜀軍だけが知っていた。

前回の出兵から3年後、蜀の孔明は34万の軍勢を率いてまたも魏に攻め込みます。対するは司馬懿の軍勢40万。戦の途中、孔明は食糧を運ぶ道具「木牛・流馬」を製造。この道具のおかげで、効率的に食糧が運べるようになります。

一方、そのことを知った司馬懿は、蜀軍を襲っていくつか「木牛・流馬」を手に入れ、魏軍でも**真似して作ることに。**しかし、彼らは「木牛・流馬」が舌をひねると止まるしかけになっているのを知りませんでした。

やがて完成した「木牛・流馬」で食糧を運ぶ魏軍。しかし、途中で急に止まってしまいます。蜀の兵士がこっそり「木牛・流馬」の舌をひねっていたのです。驚いた魏軍は全て投げ出して逃亡。こうして蜀軍は、魏軍の「木牛・流馬」にある膨大な食糧を手に入れたのです。

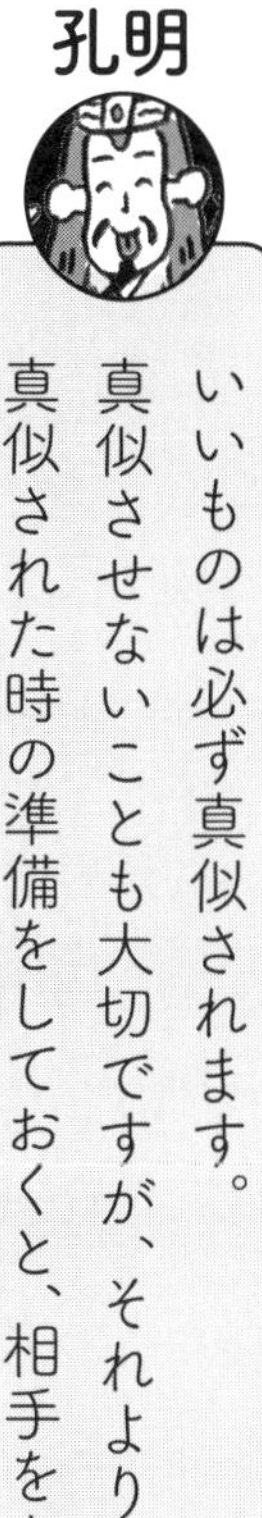

孔明
いいものは必ず真似されます。真似させないことも大切ですが、それより真似された時の準備をしておくと、相手をさらに引き離せますよ。

 「木牛・流馬」は、えさを食べず疲れることもないため、昼夜を問わず食糧を運ぶことができました。

第103回

234年　配下の不満を封じる司馬懿

権力は「従うもの」ではなく「使うもの」。

司馬懿

司馬懿は皇帝・曹叡を使い、配下たちを従わせた。

蜀の孔明に負け、本陣に逃げ戻った魏の司馬懿。彼は攻めるのをやめ、守りを固めます。蜀軍に戦いを挑まれても、女性用の服を送り届けられて挑発されても司馬懿は無視。しかし、配下たちは「こんな屈辱、耐えられません！」と不満をぶちまけます。すると司馬懿は、

「では出陣していいか、曹叡様に聞いてみよう」

と提案。都に使者を送ります。すると司馬懿の意図を読み取った皇帝・曹叡は、「出陣するな」と使者に伝言。それを聞いた司馬懿の配下たちは、仕方なく引き下がったのです。

こうして孔明と司馬懿の戦いは持久戦へ。「長引けば孔明は激務で倒れる」と予想していた司馬懿にとって、理想的な展開となったのです。

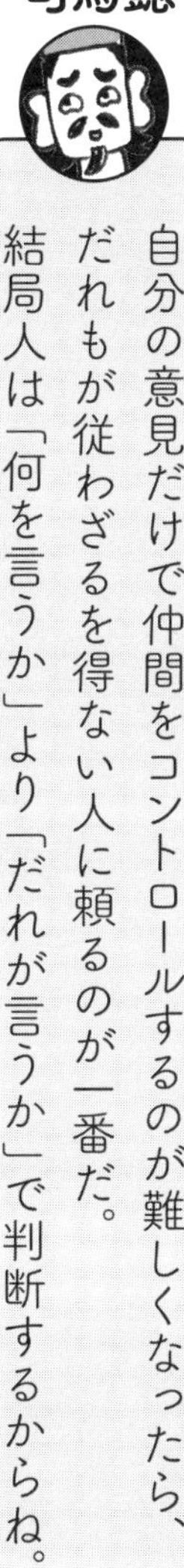

司馬懿
自分の意見だけで仲間をコントロールするのが難しくなったら、だれもが従わざるを得ない人に頼るのが一番だ。結局人は「何を言うか」より「だれが言うか」で判断するからね。

 この時期、司馬懿は孔明が激務で食事もあまりとっていないと知り、「孔明の命は長くない」と推測します。

第104回

234年　五丈原で亡くなる孔明

絶対的リーダーがいなくなると、調子に乗る人もいる。

魏延

魏延は「自分の時代が来た」と勘違いした。

魏の司馬懿と交戦中、病に倒れてしまった蜀の孔明。自分の命が長くないと悟った彼は、楊儀を呼んで「私が死んだあと、魏延が必ず反乱を起こすから気をつけなさい」と言い、その対策を伝えます。さらに今後の戦の進め方を楊儀に引き継いだ彼は、全てを伝え終わると静かに息を引き取ったのです。

一方、「孔明が死んだ」という知らせを費禕から聞いた魏延は、「孔明様の役目はだれが引き継ぐのだ?」と質問します。費禕が「楊儀です」と答えると、魏延は激怒。孔明にはかなわなかったものの、**孔明の死後は自分が実権を握れると思っていた**からです。彼は楊儀から権力を奪うため、反乱を起こすことを決意。配下を率いて楊儀の軍の前に立ちはだかったのです。

魏延

どう考えたって、孔明様の後継者はオレだろう!
と思ったけど、周りはみんな「えっ?」みたいな顔してて……。
魏と戦えるのはオレしかいないのに、どうかしてるぜ!

 死ぬ前に孔明は自分の木像を用意。遠くから木像を見た司馬懿は「孔明は生きている」と思い、逃げ出しました。

第105回

234年　反乱に失敗する魏延

普段の行いは、意外とみんなに見られている。

魏延

魏延の反乱失敗は、日頃の態度が原因だった。

魏延の反乱を知り、蜀軍を率いる楊儀は戸惑ってしまいます。そんな彼に費禕が「魏延の反乱を劉禅様に報告してから戦うべきだ」と提案。楊儀はさっそく劉禅に使者を送ります。一方、劉禅のもとには魏延からの使者が一足先に到着。「楊儀が反乱した」と言う使者の報告に劉禅が驚いていると、今度は楊儀から「魏延が反乱した」という報告が。すると、

蔣琬「楊儀は絶対に反乱しません。魏延はあやしいです」

董允「魏延は常に不満を言っていたから、孔明様がいない今、反乱を起こしたのでしょう」と配下たちが一斉に意見します。いつも横柄な態度だった魏延を、だれも信用しなかったのです。こうして劉禅にも敵視された魏延は孤立。反乱は失敗し、命を落としてしまいます。

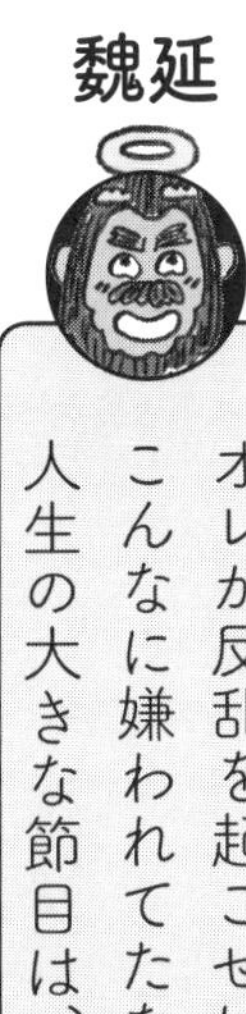

魏延
オレが反乱を起こせば従うヤツも多いと思ってたのに……。こんなに嫌われてたなんて、ちょっとショックだったぜ。人生の大きな節目は、小さな積み重ねが結果を左右するんだな。

 最後に魏延を切ったのは馬岱。彼は生前の孔明に指示を受け、味方のふりをして反乱した魏延に同行していました。

第106回

249年

曹爽(そうそう)を油断させる司馬懿

流れが来るまで弱ったふり。

司馬懿

司馬懿は弱ったふりをして、曹爽を油断させた。

239年、魏では皇帝・曹叡が亡くなり、曹芳が皇帝となります。やがて大将軍・曹爽が権力を独占するようになると、司馬懿は病気を理由に家でひっそりと過ごすことに。

それから10年ほど経つと、曹爽は腹心・李勝を司馬懿の家に向かわせます。一方、司馬懿は「李勝はこちらの様子を探りにきたのだ」と察知。そこで彼は、李勝が「私はこれから荊州に赴任するので、お別れのあいさつに参りました」と言うと、「并州は遠いから、十分お気をつけて……」と弱々しく返答します。病気で耳も遠いふりをしたのです。

李勝から「司馬懿はもう、会話が成り立たないほど弱っています」と報告を受けた曹爽は、

「あのじじいはもう、気にしなくていい」

と大喜び。しかし、司馬懿は弱ったふりをしながら、虎視眈々と再起を図っていたのです。

司馬懿

流れが悪い時は無理に逆らわず、グッと踏ん張ること。流れが来た時に高くジャンプできるよう準備をしておくのだ。

 曹叡が亡くなってしばらくは、曹爽は司馬懿を敬い、大切なことは全て司馬懿に報告していました。

第107回

249年　クーデターを起こす司馬懿

魅力的な地位にいると、自分の魅力が薄れていく。

曹爽

曹爽の魅力は、「大将軍」という肩書きだけだった。

「司馬懿が病気」と報告を受け、「これでオレの天下だ」と喜んだ曹爽。ある日、彼は皇帝・曹芳とともに墓参りと狩りへ出かけることに。すると突然、病気のふりをしていた司馬懿がクーデターを起こします。曹爽たちがいなくなった城を一気に占拠したのです。

一方、油断していた曹爽は、司馬懿の使者から「兵権を放棄せよ」と伝えられてびっくり。配下に司馬懿との対決をすすめられるも、彼は決心がつきません。こうして悩んだり泣いたりしながら時間を費やした曹爽は、最終的に「私はただの金持ちでいられれば、それで十分だ」と言い、大将軍の地位を捨てることを決意。曹爽が官職を失ったと知ると、兵士たちは一斉に去り、**彼の周りに残ったのは、数人の役人だけ**でした。結局その後、曹爽は処刑され、司馬懿が権力を握るようになるのです。

曹爽

自分の地位によりかかっていると、
ある日突然、人は去っていくんだな。
周りからすれば、オレは肩書きだけの男だったんだ、結局。

 曹爽は自分に従う者ばかりで重要な役職を固め、毎日のように酒と女に溺れていました。

第108回

253年　敗戦の責任逃れをする諸葛恪

人のせいにして決着がつくのは、組織が崩れはじめたきざし。

諸葛恪

諸葛恪の責任逃れは、呉の崩壊の予兆なのかも。

252年、呉では皇帝・孫権が亡くなり、孫亮が皇帝の座につきます。それを知った魏の司馬師（司馬懿の長男）は、呉を倒そうと決断。弟の司馬昭を大都督に任命し、30万の軍勢で呉に攻め込ませます。

迎え撃つのは呉の大将・諸葛恪。彼は見事に魏の軍勢を追い払い、勢いに乗じて魏に攻め込むことに。しかし、今度は魏軍にだまされ、諸葛恪自身も額に矢を受けて負傷。さらに兵士の間で病気が流行り、逃げる兵士が続出し、大敗してしまったのです。

呉に戻った諸葛恪は、敗戦の責任を追及されることを恐れて先手を打ちます。戦に参加した**配下のミスを洗い出し、一斉に処罰したのです。**

この結果、諸葛恪は周りから恐れられ、呉では彼の独裁色が一層強くなってしまいます。

諸葛恪

責任逃れのために配下たちを一斉に処罰したけれど、その場しのぎの処罰は次の「その場」を作るだけだったよ。結局オレは恨まれて命を失うし、呉の体制も崩れちゃったから。

 この時期、魏では司馬懿が亡くなり、長男・司馬師が権力を引き継いでいます。

第109回

253年頃　迷当大王を裏切らせる郭淮

人は弱い立場の時、優しい言葉にコロッと落ちる。

郭淮

迷当大王の心を動かしたのは、物より言葉。

253年、蜀の兵権を握っていた姜維は、魏を倒そうと20万の軍を率いて出陣。「何かいい作戦はないか？」と聞く彼に、配下の夏侯覇(かこうは)は「羌族(きょうぞく)と協力して攻めましょう」と答えます。姜維はその助言に従い、羌族の迷当大王に贈り物を届けることに。すると迷当大王は魏の討伐のために5万の軍を用意します。

しかし、羌族の軍は魏の郭淮たちに大敗。迷当大王は捕まってしまいます。縄で縛られた迷当大王を見て、みずから縄をほどく郭淮。そして彼は「なぜ蜀に味方したのだ？」と優しく語りかけ、さらに「もしあなたが蜀軍を追い払ってくれたら、手厚い恩賞を与えよう」と提案します。**彼の巧みな話術に乗せられ、迷当大王は魏に降伏。**一転して姜維をだまし、蜀軍を混乱させるのです。

郭淮

姜維は物で迷当大王の軍を動かしたけど、私は言葉で彼の心を動かしたのさ。人は結局、自分に優しく語りかけてくれる人が好きなんだよ。

 羌族は、中国の西北部に住む民族です。

第110回

255年頃　意見を否定されても新たな提案をする張翼

意見が否定された時。それは人の真価が問われる時。

張翼

たとえ意見が通らなくても、張翼は腐らない。

255年、魏の司馬師が亡くなると、その権力を弟の司馬昭が引き継ぎます。すると蜀の姜維は再び魏を攻撃することを決断。しかし、張翼は「遠征するより、兵や民のために守りを固めましょう」と反対します。彼は守ることが、蜀を存続させる一番の方法だと考えていたのです。それでも姜維は、「司馬師がいなくなった今こそ、まさに攻め時なのだ！」と考えを変えません。すると張翼は、遠征反対であったにもかかわらず、今度は遠征する際の作戦を提案したのです。

「ではすぐに軍を進めましょう、敵の準備が整う前に！」

そこで姜維は5万の兵を率いてすぐに出陣。見事に大勝利を収めたのです。

張翼

自分の意見が通らずにふて腐れるのは三流。
決まった意見に素直に従うだけなのは二流。
決まった意見の改良案を出すのが一流だ。

 大勝利を収めたものの、このあと姜維はまたも張翼の意見を採用せず、今度は大敗してしまいます。

第111回

256年頃　皇帝になる準備をする司馬昭

「どうやるか」より、大切なのは「いつやるか」。

賈充

司馬昭は全権を握っても、皇帝の座を見送った。

兄・司馬師から権力を引き継いだ魏の司馬昭。大都督となった彼は、政治に関する全てのことを皇帝・曹髦に報告せず自分で決め、独裁者のように振る舞います。やがて皇帝の座を狙うようになった彼は、腹心・賈充に意見を求めることに。すると賈充は「司馬昭様は大きな権力を手にしましたが、まだ周りの者が従うかは分かりません」と言い、続けて

「様子を見ながら、ゆっくりと進めるべきです」

と提案。司馬昭はその意見に従い、皇帝の座をすぐには狙わず、配下たちの様子を探ることに。やがて「諸葛誕(しょかつたん)が自分に反抗的」という情報を入手した司馬昭は、鎮圧に向かうことで皇帝になる基盤を着実に固めていったのです。

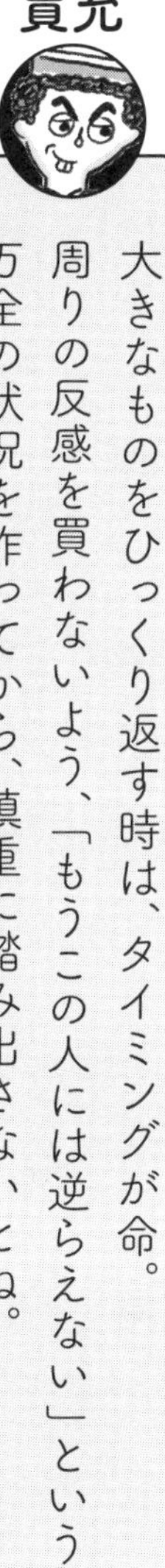

賈充
大きなものをひっくり返す時は、タイミングが命。周りの反感を買わないよう、「もうこの人には逆らえない」という万全の状況を作ってから、慎重に踏み出さないとね。

 この時期、魏の皇帝は曹芳から曹髦に代わっていました。

第112回

258年　諸葛誕の反乱を鎮圧する司馬昭

ピンチの時ほど、信頼している人の口コミ効果は絶大。

全端

全端の降伏は、息子の手紙が決め手だった。

魏の司馬昭に対して反乱を起こした諸葛誕。彼は呉にも援軍を出してもらい、徹底抗戦にのぞみます。しかし、呉軍は諸葛誕を救う作戦に失敗。呉の大将・孫綝は逃げ戻ってきた武将を殺し、さらに配下の全禕に「魏の軍を追い払うまで、私の前に現れるな！」と怒鳴ります。どうしようもなくなった全禕は、孫綝を恐れて魏に降伏することに。

その後、魏の司馬昭に手厚くもてなされた全禕は、その恩に報いようと父・全端たちに

「孫綝は情けがないから、魏に降伏したほうがいい」

と手紙を送ります。すると全端は、弟や仲間たち数千人とともに魏に降伏。援軍を失った諸葛誕の軍では裏切りが続き、やがて反乱は鎮圧されてしまうのです。

全端

出どころの分からないウワサがいろいろ広がって、何を信じればいいのか迷うこともあるけど、そんな時ほど信頼している人の言葉には説得力がありますな。

 孫綝は横暴な振る舞いで呉の権力を独占していたため、配下から恐れられていました。

第113回

258年頃　配下・黄皓にそそのかされる劉禅

一番の敵は、けっこう味方の中にいる。

姜維

姜維にとって一番の敵は、自国の都にいた。

蜀の姜維が魏の鄧艾（とうがい）と戦っている頃、蜀の都では宦官・黄皓が権力を独占。皇帝・劉禅は酒に溺れ黄皓に操られ、国が荒れはじめていました。

そこで姜維の攻撃に手を焼いていた鄧艾は、「黄皓を利用して姜維を撤退させよう」と考え、黄皓にこっそりワイロを送ることに。やがて黄皓は劉禅に

「姜維が劉禅様を恨み、魏に降伏しようとしています」

とウソを報告。何も知らない劉禅はすぐに戻るよう姜維に命令します。姜維は鄧艾を追いつめながらも、やむなく戻らなければならないことに。彼は敵と戦うだけでなく、味方にも足を引っ張られ、蜀はどんどん衰退していくことになるのです。

姜維

劉禅様は以前もだまされて孔明様を呼び戻してたし！
黄皓は言うまでもないけど、劉禅様も少しは考えてほしいよ。
……こういうグチが増えるのって、組織としてヤバイ感じが。

 この時期、呉では権力を独占していた孫綝が、皇帝・孫亮を廃し、孫休（そんきゅう）にあとを継がせています。

第114回

260年　皇帝を殺して処刑される成済

いつの時代も、組織の犠牲になる人がいる。

成済

成済は、司馬昭にとって捨て駒だった。

蜀の姜維が撤退し、魏の司馬昭は一安心。彼は本格的に皇帝の座を狙いはじめます。ある日、皇帝・曹髦に、「我々親子（司馬懿・司馬師・司馬昭）は、魏の発展に大きく貢献した」と偉そうに語る司馬昭。その尊大な態度に我慢ができなくなった曹髦は、司馬昭を処刑しようとたった300人の配下を集めて出撃。しかし、成済に突き殺されてしまいます。彼は司馬昭の腹心・賈充から「曹髦を殺せ」と命令を受けていたのです。

司馬昭はウソ泣きをして悲しんでから、「成済を処刑しろ」と言い放ちます。驚いた成済が怒って「賈充がおまえの命令だと言ったから殺したのに！」とののしるも、聞き入れられません。こうして**濡れ衣を着せられた成済は処刑され、**曹奐（そうかん）が皇帝に即位。司馬昭は自分の手を汚さずに、反抗的な皇帝・曹髦を死に追いやったのです。

成済

オレみたいに責任転嫁されて消されてる人、世の中にはたくさんいるんだろうなぁ……下っ端はつらいね。

 成済が「殺すか？ 生け捕るか？」と聞いた際、賈充は「司馬昭様は殺せとのご命令だ」と伝えていました。

第115回

262年　劉禅と姜維にあきれる譙周

いい組織は自由な雰囲気。ダメな組織は無法地帯。

譙周

丸投げする劉禅。魏の征伐しか頭にない姜維。

魏の皇帝・曹髦が亡くなったことを知った蜀の姜維は大喜び。さっそく15万の兵を率いて魏に攻め込みます。しかし、多くの食糧を失い、敵に関所や桟道を焼き払われて撤退することに。それでも彼はあきらめません。再び準備を整え、劉禅に出陣の許可を願い出ます。しかし、譙周が「今回の戦争は不利なのでやめるべきです」と反対。すると劉禅は、

「とりあえず様子を見て、ダメそうだったらやめさせよう」

と無責任なことを言い出す始末。何度止めても聞いてもらえなかった譙周は、家に帰ってため息をつき、病気を理由に閉じこもってしまいます。結局、姜維は30万の兵を率いて出陣。しかし大きな成果はなく、逆に敵の計略にかかり、腹心・夏侯覇を失ってしまうのです。

譙周

劉禅様は酒と女に溺れて何も仕事しないし、姜維はとにかく戦いたがるだけ……蜀は終わったな。真面目な人が馬鹿を見る組織は滅びるよ。

 譙周は天文観察をして、未来を予測する力がありました。

第116回

263年　蜀征伐の大将に鍾会を任命する司馬昭

「一手先」を読めば、人よりかなり優位に立てる。

司馬昭

気をつけて〜

(のしあがってきたら処刑してやる)

蜀を倒してきま〜す

じゃ

(のしあがってやる)

司馬昭（しばしょう）

鍾会（しょうかい）

司馬昭は鍾会より、先を見て動いていた。

魏の司馬昭にとって、何度も攻めてくる蜀の姜維は悩みの種。そこで司馬昭は、蜀を本気で倒そうと決断します。彼は蜀征伐の大将に、以前から才能を買っていた鍾会を抜擢。しかし、配下の1人が「鍾会には野心があるから、大軍を率いさせては危険です」と言って反対します。それでも司馬昭は笑って「私もそれには気づいている」と言い、こう続けたのです。「だれもが蜀を恐れる中で、鍾会だけは蜀攻略の地図を作っていた。彼ならきっと蜀を倒せるはずだ。だが、たとえ彼が蜀を平定後に反乱を起こしても、蜀の人々や魏の兵は彼に従わないだろう」

司馬昭は鍾会の野心を見抜いた上で、蜀征伐に彼を利用しようと考えていたのです。司馬昭の思惑通り、鍾会は蜀征伐で活躍。その間も司馬昭は、鍾会に同行している監視役と連携をとりながら、反乱を企てないか目を光らせていたのです。

司馬昭

「ここがゴール」と思う到達点の、もう1つ先を想像するだけで、他の人と大きな差をつけられるのに、意外とみんなやらないよね。

 魏に攻め込まれた姜維は、都に緊急事態を知らせるものの、皇帝・劉禅は遊びほうけて何もしませんでした。

第117回

263年　裏道から蜀の都を目指す鄧艾

「絶対ない」なんて絶対ない。

鄧艾

鄧艾は断崖絶壁を降り、ありえない成果を挙げた。

鍾会とともに蜀討伐の大将に任命された魏の鄧艾。彼は裏道から蜀の都を攻め落とそうと考えます。それを知った鍾会は「愚か者だ」と一笑。裏道は高い山や崖だらけだったからです。鄧艾は鍾会がバカにしているのを知りながらも裏道へ。切り立った崖をよじ登ります。

途中、断崖絶壁を見て**「絶対進めない」と嘆く配下を鄧艾は鼓舞。**「ここを越えれば敵の裏をつける。引き返してたまるか!」と言い、自分の体を布で包み、崖を転げ落ちて進みはじめます。それを見た配下たちも次々と降り出し、無事、全員が崖の下にたどり着いたのです。

こうして鄧艾は蜀の都に近い城を襲撃。「崖側からは絶対攻めてこない」と油断していた蜀軍はすぐに降伏し、蜀の皇帝・劉禅は絶体絶命のピンチに陥るのです。

鄧艾

「絶対ない」とか「ありえない」なんて言うヤツのほうが、私にとってはありえないですね。

 このあと、蜀の都を守ろうとした諸葛瞻(しょかつせん 孔明の息子)は、鄧艾と戦って命を落とします。

第118回

263年頃　鍾会に降伏したふりをする姜維

比較してほめられると、うれしさは2割増し。

姜維

姜維は鄧艾をけなして、ニセの降伏を成功させた。

魏の鄧艾の来襲を知り、蜀の皇帝・劉禅は大あわて。「もう勝てない」と悟った彼は、魏に降伏してしまいます。一方、別の場所で魏の鍾会と交戦中だった蜀の姜維は、都で劉禅が降伏したと知って絶句。しかし彼は気を取り直し、敵の鍾会をそそのかして味方にしようと考えます。姜維は鍾会のもとへ行き、「鍾会様が相手だからこそ降伏します」と伝え、さらに

「もし鄧艾が相手だったら、降伏しませんでしたよ」

と言い、鄧艾と比較しておだてたのです。これに気を良くした鍾会は、姜維と義兄弟の契りを交わすことに。やがて姜維は、鍾会に「『鄧艾が反乱しそうだ』と魏の都に報告し、彼を排除して手柄を独占しましょう」と提案。魏を内側から崩壊させようと企んだのです。

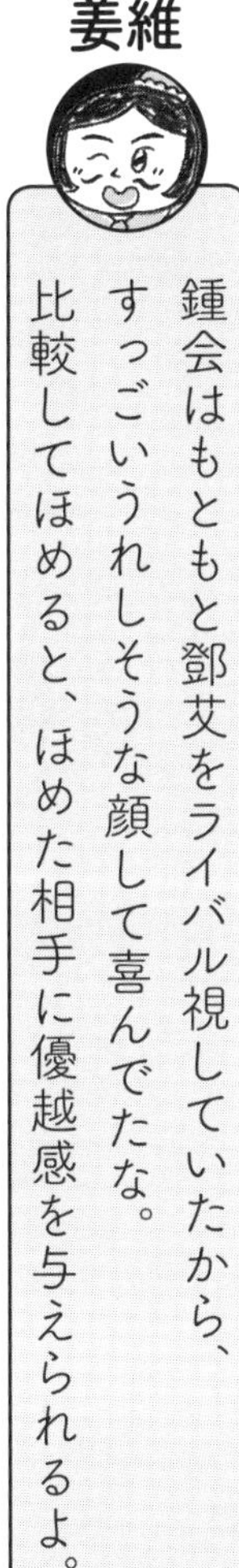

姜維
鍾会はもともと鄧艾をライバル視していたから、すっごいうれしそうな顔して喜んでたな。比較してほめると、ほめた相手に優越感を与えられるよ。

 劉禅の子・劉諶（りゅうしん）は、降伏に大反対。劉禅に追い出されると、泣きながら自分で命を絶ちました。

第119回

264年 降伏して魏で暮らしはじめる劉禅

全く空気を読めない人は、意外としぶとく世を生き抜く。

劉禅

劉禅（りゅうぜん）

司馬昭（しばしょう）

知将・姜維は命を失い、愚帝・劉禅は生き延びた。

魏の鍾会を裏切らせることに成功した蜀の姜維。しかし反乱は失敗し、2人は命を落としてしまいます。一方、魏に降伏した蜀の皇帝・劉禅は、魏の都に送られることに。都で暮らしはじめた彼に、魏の司馬昭が「蜀を思い出さないか？」とたずねると、劉禅はニコリと笑い、

「こちらでの暮らしが楽しいので、別に思い出しません」

と返答。これを見た配下がこっそりと、「泣いて『蜀がなつかしい』と言えば、蜀に帰してもらえますよ」と助言します。しかし、劉禅は泣きまねすらできません。司馬昭が「配下に何か吹き込まれましたな？」と聞くと、彼は顔を上げて「その通りです」と答える始末。バカ正直な劉禅を気に入った司馬昭は大笑い。劉禅を処刑せず、そのまま生かし続けたのです。

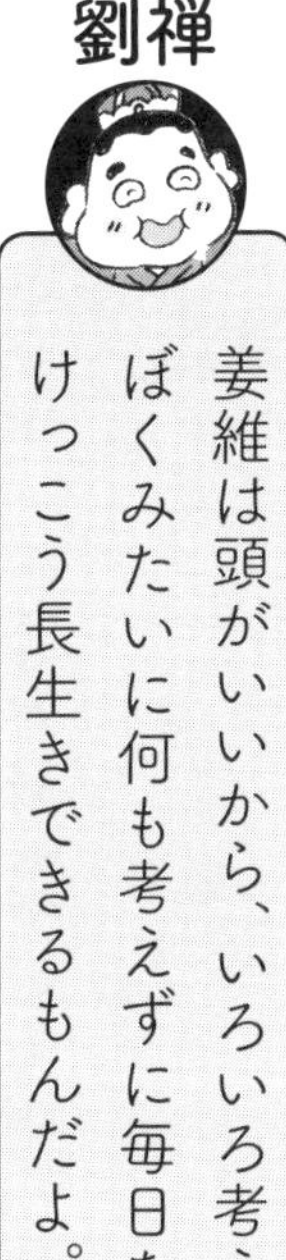

姜維は頭がいいから、いろいろ考えて人と衝突しちゃうんだよな。ぼくみたいに何も考えずに毎日を楽しんでると、けっこう長生きできるもんだよ。

 蜀の滅亡を招いた黄皓は、ワイロを使って生き延びていたものの、司馬昭によって処刑されました。

第120回

280年　中国を統一する晋の司馬炎

だれもが後悔を胸に抱いて生きている。

司馬炎

羊祜の言うことを聞いていればもっと早く中国統一できたのに・・・

ゴメン・・・羊祜

気にしないでくださーい

羊祜（ようこ）

司馬炎（しばえん）

羊祜が死ぬ直前、司馬炎は「君が呉の征伐を提案した時、却下してしまったことを深く悔やんでいる」と涙しました。

司馬炎は、後悔を糧に中国を統一した。

魏では司馬昭が亡くなると、息子の司馬炎が権力を握ります。彼は魏の皇帝・曹奐から皇帝の座を強奪。国名を晋に改め、魏を滅ぼしたのです。

皇帝となった司馬炎は、呉に備えるために羊祜を国境に派遣。呉の皇帝・孫皓（そんこう）が横暴に振る舞い、呉が荒れているのを見抜いた羊祜は、「今こそ呉の攻め時です」という手紙を司馬炎に送ります。しかし、司馬炎は他の配下に反対されて出兵を却下。やがて羊祜が病で亡くなると、杜預（どよ）に任務を継がせます。

しばらくすると今度は杜預から「今こそ呉の攻め時です」との手紙が。以前、羊祜に提案された時に**呉を攻めなかったことを深く後悔していた司馬炎**は、杜預・王濬（おうしゅん）たちに攻撃を命令。孫皓は降伏し、司馬炎は念願の中国統一を果たします。その祝賀会で彼は、「羊祜にこれを見せられなかったのが残念だ」と涙したのです。

司馬炎

羊祜が「呉を攻めよう」と言った時、オレは決断ができなかった。彼の言う通りにしていれば、もっと早く中国統一できたのに……。こういう後悔を時々思い出しながら、人は生きていくんだな。

 孫皓は孫休のあとを継いだ皇帝。彼は晋との国境に派遣した陸抗（りくこう）を解任し、呉の弱体化を招きました。

- 姓名・あざな（別名）・誕生年・死亡年の順で記載しています（不明な場合は未記載）。
- 末尾の数字は掲載ページです（太字はメインで紹介しているページ）。見開きで登場する場合は、偶数ページのみを記載しています。イラストがない人物は、文章でのみ登場する人物です。
- 『三国志演義』の情報をもとに、正史『三国志』の情報も一部使用しています。

伊籍 機伯（?〜200）
劉表に仕えていた頃から、劉備を気にかけていた。劉表の死後、劉備の配下に。馬良や馬謖を劉備に推薦する。 122

于吉
病を治し、人々から「福の神」と慕われた仙人。孫策に「妖術使い」と嫌われ殺される。 76

于禁 文則（?〜221）
曹操の配下。関羽に捕まった際、命乞いをして処刑をまぬがれる。 39

袁熙 顕奕（?〜207）
袁紹の次男。袁紹からは「弱々しい性格だから大成はしない」と評された。最後は袁尚とともに、公孫康に首を切られる。 81 85

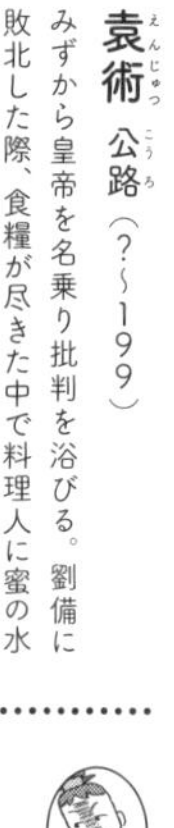

袁術 公路（?〜199）
みずから皇帝を名乗り批判を浴びる。劉備に敗北した際、食糧が尽きた中で料理人に蜜の水を要求。「蜜の水はない。血の水はあるが」と言われると悲鳴を上げ、血を吐いて亡くなる。 16 41 49 53 57 61

袁紹 本初（?〜202）
名家の出身。一大勢力となるも、優柔不断な性格が災いし、官渡の戦いで曹操に大敗北。やがて病に倒れて亡くなる。郭嘉や荀彧などから「人を率いる才能がない」と酷評された。 16 24 28 33 39 41 54 61 **62** 66 70 73 79 **80** 83 154

袁尚 顕甫（?〜207）
袁紹の末っ子。容姿にも優れ袁紹から特にかわいがられていた。袁紹の死後、長男・袁譚と後継者を争い、その隙を曹操に突かれて公孫康のもとへ落ちのびる。しかし、曹操の威勢を恐れた公孫康に首を切られてしまう。 67 80 82 85

袁譚 顕思（?〜205）
袁紹の長男。袁紹の死後、末っ子・袁尚と後継者を争う。のちに曹操に降伏の姿勢を見せるも、最後は曹操の配下・曹洪に討ち取られる。 67 80 82 85

王允 子師（137〜192）
貂蟬を使い、董卓と呂布の仲を裂き、董卓の命を奪う。のちに李傕・郭汜に殺される。 **34** 37

王粲 仲宣（177〜217）
記憶力が良く、算術や文章を書く力も優れていた。劉表に賓客として迎えられる。劉表の死後、劉琮が曹操に降伏し、曹操の配下になる。 **98**

王濬
司馬炎の配下。呉の討伐の際、孫皓を降伏させ、中国統一に大きく貢献する。 259

王必
曹操の配下。飲み会の最中に反乱が起こり、矢を受けて負傷。その傷が原因で命を落とす。 156

王平 子均（?〜248）
曹操の配下だったが、徐晃と不仲になり、劉備の配下に。孔明は「慎重な武将」として評価していた。 211

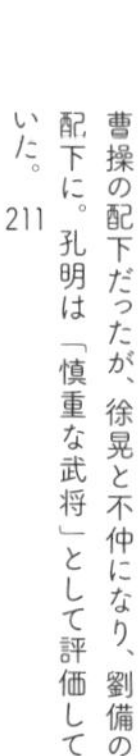

王朗 景興（?〜228）
孫策に敗北後、曹操の配下に。華歆とともに献帝をおどして皇帝の座を曹丕に譲らせる。 179 200

賈華
孫権の配下。劉備暗殺計画の責任を押し付けられ、呉国太に処刑されそうになるも、劉備が呉国太をなだめ、命拾いをする。 **126**

華歆 子魚（157〜231）
孫権の使者として曹操のもとへ行き、そのまま曹操の配下に。のちに、献帝をおどして皇帝の座を曹丕に譲らせる。 178 200

賈詡　文和（147～223）

李傕と郭汜のもとを去り、張繡の参謀に。やがて張繡とともに曹操に降伏。以後、数々の作戦を成功させる。後継者争いに悩む曹丕から、相談を受けたことも。

154

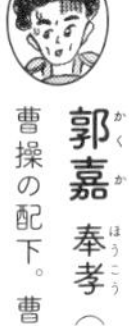

郭嘉　奉孝（170～207）

曹操の配下。曹操から絶大な信頼を受けていた。遠征中、風土病にかかって亡くなると、曹操は号泣した。
38 50 **54** **82** 119

郭汜（?～197）

董卓の配下。董卓の死後、李傕とともに実権を握る。しかし、妻が「郭汜と李傕の妻が交際している」というウワサを信じたことで、李傕との関係が悪化。仲間割れして失脚する。
30 45

郝昭　伯道

曹叡の配下。弓の名手で、身長は2mを超えた。孔明相手に善戦するも、病に倒れ、軍が混乱に陥り城を奪われてしまう。
212 214

郭図

袁紹の配下。官渡の戦いの際、自分のミスを隠すため、張郃・高覧に責任を押しつけ、それが原因で2人は裏切ってしまう。袁紹の後継者問題では、袁譚派として袁尚派と対立する。
62 80

郭淮　伯済

曹操の配下。曹叡の時代に孔明と対戦した際、木牛・流馬の仕組みを知らずに混乱し、多くの食糧を奪われる。のちに姜維に味方しようとした迷当大王を裏切らせることに成功する。
222 **236**

夏侯淵　妙才（?～219）

曹操の配下。夏侯惇の従弟。弓矢の技術に秀でていた。法正の計略にかかり、黄忠に切られる。法正には「気が短く、知謀が足りない」と評された。

160

夏侯惇　元譲（?～220）

曹操の配下。呂布軍に左目を射抜かれた際、矢を抜き取り「親からもらったものを捨てるわけにはいかん」と言って左目を食べてから、相手を刺し殺す。そんな彼を曹操は「天下の奇才」と評した。
75 97 157 163

夏侯覇　仲権

夏侯淵の長男。権力を握った司馬懿に処刑されることを恐れ、蜀に降伏。以後、姜維の補佐役として活躍する。
237 249

夏侯楙　子休

夏侯淵の子。のちに夏侯惇の養子となる。気が短くけちな性格。蜀軍との交戦中、実戦経験がないにもかかわらず出陣を願い出て、結局敗北。魏延は彼を「金持ちのぼっちゃんで、無計画な臆病者」と酷評した。
202 204

賈充　公閭（217～282）

司馬昭の腹心。成済たちに魏の曹髦を殺させる。のちに皇帝の座を司馬炎に譲るよう曹奐に進言。これにより魏が滅び、晋が誕生した。
240 246

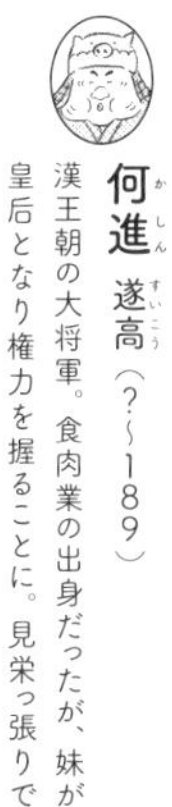

何進　遂高（?～189）

漢王朝の大将軍。食肉業の出身だったが、妹が皇后となり権力を握ることに。見栄っ張りで決断力に乏しく、王朝内の混乱を招く。曹操は「天下を乱すのは何進」と言っていた。
24 27

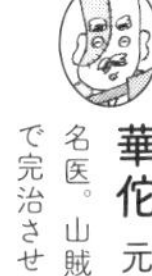

華佗　元化

名医。山賊と戦って重体となった周泰を1ヶ月で完治させる。のちに曹操を怒らせて投獄され、命を落とす。
168 174

華雄

董卓の配下。身長は2mを超えた。反董卓同盟の武将を次々と討ち取るが、最後は関羽に討ち取られてしまう。

29

関羽　雲長（162～219）

劉備の配下。劉備、張飛と義兄弟の契りを結ぶ。戦場で無類の強さを誇り、華雄、顔良、文醜など多数の武将を討ち取る。のちに蜀の五虎将軍の1人に任命される。晩年、油断して荊州を呂蒙に奪われ、処刑される。
8 18 23 29 57 58 67 **68** 71 72 74 77 91 95 96 103 118 120 139 165 167 **168** 170 172 175 177 180 184

関興（かんこう） 安国（あんこく）

関羽の息子。張飛の息子・張苞と義兄弟の契りを結ぶ。戦場で関興と張苞の活躍をみた劉備は、「虎の父に犬の子は生まれぬ」と喜んだ。関興が病で亡くなると、孔明は「あんな忠義者に天が寿命を与えてくれないとは」と悲しんだ。

203 205 214

韓遂（かんすい）

馬騰と義兄弟の契りを結んでいた武将。曹操とは顔なじみ。馬超とともに曹操を攻める。しかし、途中で馬超と不仲になり、曹操に降伏する。

136

闞沢（かんたく） 徳潤（とくじゅん）（?～243）

孫権の配下。黄蓋は闞沢の交渉力と度胸を見込んで、曹操をだましにいくよう依頼。闞沢は曹操をだますことに成功し、赤壁の戦いでの勝利に大きく貢献。また、陸遜の才能を早いうちから見抜き、抜擢することを孫権にすすめる。

112 187

韓当（かんとう） 義公（ぎこう）（?～226）

孫堅の配下。孫堅の死後も呉の武将として活躍。赤壁の戦いでは負傷した黄蓋を救い出す。

32 186

甘寧（かんねい） 興覇（こうは）

劉表を見限り、孫権の配下に。曹操の大軍が攻めてきた際、わずか100騎で突入し、敵を大混乱に陥らせる。1騎も失わず戻った彼を孫権はみずから出迎え、「曹操に張遼がいるなら、わしには甘寧がいる」と喜んだ。

107

関平（かんぺい）（?～219）

関羽の養子。関羽のもとで活躍するも、最後は関羽とともに孫権によって処刑される。

169

顔良（がんりょう）（?～200）

袁紹の配下。曹操との戦で活躍するも、曹操のもとに身を寄せていた関羽に刺し殺される。

71

管輅（かんろ） 公明（こうめい）（209～256）

占いの名手。容姿は醜く大の酒好き。夏侯淵の死、魯粛の死などを暗示して的中させる。

157

魏延（ぎえん） 文長（ぶんちょう）（?～234）

劉琮のもとを去ったあと、韓玄を裏切って劉備の配下に。孔明は「魏延には反骨（後頭部の突き出た骨）があるからいつか反乱を起こす」と言って切ろうとするが、劉備が止める。のちに孫権は魏延を「武勇はすごいが心が良くない」と評した。

140 208 **226** **228**

吉平（きっぺい）（吉太（きったい）） 称平（しょうへい）（?～200）

献帝の侍医。董承の曹操討伐計画に加担。途中で曹操にばれ、処刑される。

65 175

姜維（きょうい） 伯約（はくやく）（202～264）

曹叡の配下として孔明と交戦中、周囲から孤立して降伏。彼の才能を見抜いた孔明は、「あなたは私の後継者になる」と喜んだ。以後、蜀の滅亡まで魏と戦い続ける。

205 236 238 **244** 247 248 251 **254** 257

許褚（きょちょ） 仲康（ちゅうこう）

曹操の配下。力が強く、一騎打ちをした馬超は「許褚のような男は見たことがない」とほめたたえた。曹操が酔って室内で寝ていた際、護衛を任された彼は親戚の曹仁にさえ入室を許さず、曹操は「本当の忠臣だ」と感激した。

42 47 102

許攸（きょゆう） 子遠（しえん）

袁紹の配下。袁紹に意見を受け入れられず、逆に過去のワイロ疑惑をとがめられ、裏切って曹操のもとへ。この裏切りが官渡の戦いの勝敗を大きく左右する。

79

厳顔（げんがん）

劉璋の配下。弓も刀も得意な老将。張飛に捕まり劉備に降伏。劉備の蜀攻略に貢献する。

146 159

献帝（けんてい）（劉協（りゅうきょう）） 伯和（はくわ）（181～234）

漢王朝（後漢）の最後の皇帝。幼い頃、董卓に対してひるまず堂々と話し、董卓を感心させる。のちに9歳で皇帝に即位。董卓や曹操などの権力者に振り回され、最後は皇帝の座を曹丕に譲り、都を追い出されてしまう。

27 31 35 45 47 58 65 73 **150** 153 165 **178**

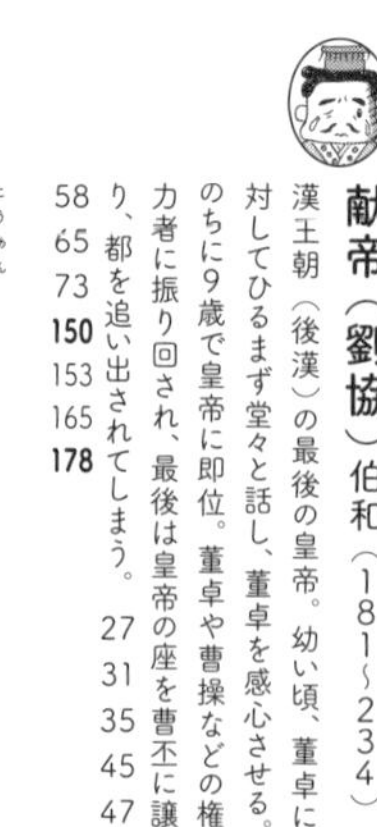

荀安（こうあん）

劉禅の配下。孔明に処罰されたことを恨み、孔明に不利なウワサを流し、陥れる。

218

黄蓋 公覆
孫堅の配下。孫堅の死後も呉を支え、赤壁の戦いでは曹操をだまして大勝利に貢献する。 111 113 117

黄皓
劉禅の配下。酒に溺れる劉禅に気に入られ、権力を独占。蜀の衰退を招く。姜維は劉禅に「黄皓はずる賢く、権力を独占しているから殺すべき」と提案するも、劉禅は笑って拒否した。 244 257

侯成
呂布の配下。馬泥棒から馬を取り返した祝いに宴会を開こうとして、禁酒令を出していた呂布に激怒される。棒で50回も叩かれ、それを恨んで呂布を裏切る。 57

公孫康
公孫度の息子。曹操から逃げてきた袁尚・袁熙を受け入れず、殺して首を曹操に届けた。 17 85

公孫瓚 伯珪（?～199）
幼なじみの劉備を連れて、反董卓同盟に参加。のちに袁紹に滅ぼされる。 16

公孫度 升済（?～204）
公孫康の父。遼東を治めていた。 16

黄忠 漢升（?～222）
劉表、韓玄に仕えたあと、劉備の配下に。刀も弓も得意な老将。のちに蜀の五虎将軍の1人に任命される。呉に攻め込んだ際、「年寄りは役に立たない」と口をすべらせた劉備の言葉に発奮。強引に出陣して負傷し、命を落とす。劉備は「私が悪かった」と涙を流して後悔した。 158 161 185

孔明→諸葛亮 孔明

孔融 文挙（153～208）
孔子の子孫。反董卓同盟に参加した1人。のちに劉備や孫権を滅ぼそうとする曹操に反対し、「不仁の者が仁の者と戦えば負けるに違いない」とぼやく。それが曹操にばれ、処刑される。 16

高覧
袁紹の配下。官渡の戦いで「袁紹は偽りの言葉に振り回される男だから、いずれ曹操に捕まる。それなら曹操に降伏したほうがましだ」と言い、張郃とともに曹操に降伏する。 79

呉国太
孫堅の第二夫人。孫夫人の母。第一夫人は死に際、息子・孫権に「呉国太を実の母と思って仕えなさい」と遺言を残した。 126

呉太后（呉氏）（?～245）
劉備が王になった際、妻となり、劉永、劉理を産む。劉備の死後、太后となる。 228

顧雍 元歎（168～243）
張紘の推薦で孫権の配下となる。酒を飲まず寡黙。張昭と同意見のことが多かった。 104 **130** 187

崔州平
孔明の友人。劉備に孔明だと間違われ、道で話しかけられる。 92

蔡瑁 徳珪（?～208）
劉表の配下。劉表のもとに身を寄せていた劉備の暗殺を企てる。劉表の死後、曹操に降伏。水軍大都督になるが、のちに曹操に処刑される。 99 100 109 123

左慈 元放
片目と片足が悪い道士。曹操を惑わし、病に倒れさせる。 157

司馬懿 仲達（179～251）
曹操の配下。曹操の死後、曹丕、曹叡などのもとで活躍し、孔明と何度も対戦。のちに魏の権力を握る。孔明は「謀略に長けている」と警戒していた。 **9** 156 **172** **200** 203 **206** 211 213 **216** 219 223 **224** 227 **230** 233 235 247

司馬炎 安世（236～290）
三国時代を終わらせた晋の初代皇帝。司馬昭の息子。髪が地面につくほど長く、手がひざ下まで届いた。皇帝即位前から、賈充などの配下に「賢く武勇に優れ、見た目も立派で絶世の才能を持っている」と評された。 **258**

司馬徽 徳操

荊州に住む隠者。劉備に「伏龍・鳳雛」の登用をすすめるも、「それはだれか?」と聞かれると、「よい、よい」と言ってはぐらかす。

89
93

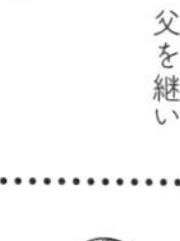

司馬師 子元（208〜255）

司馬懿の長男。目の下にこぶがあった。父を継いで魏の権力を握る。

206
235
239
241
247

司馬昭 子尚（211〜265）

司馬懿の次男。兄・司馬師とともに兵書を読み込んでいた。司馬師の死後、魏の権力を握り、皇帝・曹髦を配下に殺させる。のちに鍾会・鄧艾を大将にして蜀を滅ぼす。

206
235
239
240
242
246
250
256
259

周倉（?〜219）

元・黄巾族。山賊をしていた頃、関羽に出会って配下になる。関羽が処刑されたと知ると、自分で自分の首をはねてあとを追う。

167

周泰 幼平

元・盗賊で孫策、孫権の配下。戦場で傷を負いながら孫権の命を2回も救う。のちに孫権は宴会で周泰の体の傷をみんなに見せ、どんな状況で負った傷かを本人に説明させた。

187

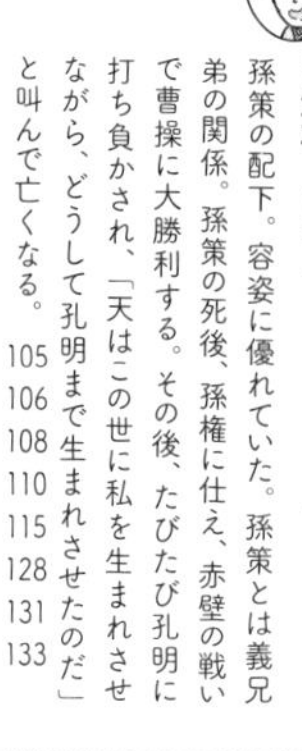

周瑜 公瑾（175〜210）

孫策の配下。容姿に優れていた。孫策とは義兄弟の関係。孫策の死後、孫権に仕え、赤壁の戦いで曹操に大勝利する。その後、たびたび孔明に打ち負かされ、「天はこの世に私を生まれさせながら、どうして孔明まで生まれさせたのだ」と叫んで亡くなる。

105
106
108
110
115
128
131
133

荀彧 文若（163〜212）

曹操の配下。名参謀として曹操を支えるも、のちに漢王朝を軽視する曹操との間に溝が生まれ、自殺してしまう。

38
50

荀攸 公達（157〜214）

曹操の配下。荀彧の親戚。王になろうとする曹操に反対したが、曹操に「荀彧の二の舞になりたいか」と言われ、病に倒れて亡くなる。

101

蔣琬 公琰（?〜246）

劉備の配下。劉備の死後、孔明の南蛮遠征に同行する。孔明は死の直前、「私が死んだら大事は蔣琬に任せなさい」と配下に伝えた。

211
228

鍾会 士季（225〜264）

鍾繇の息子。幼い頃から度胸と知恵があり、司馬懿にも才能を認められていた。のちに蜀の攻略に貢献するも、反乱を企てて命を落とす。その際、「うまくいけば天下を手に入れ、失敗しても蜀で劉備くらいにはなれるだろう」と考えていた。

250
253
254
257

蔣幹 子翼

曹操の配下。周瑜の友人。周瑜にだまされ、曹操が赤壁の戦いで大敗北するきっかけをつくってしまう。

108

小喬

周瑜の妻。姉の大喬とともに「二喬」と称され、美人姉妹として有名。

106

譙周 允南（201〜270）

劉璋の配下。劉璋に劉備への降伏をすすめ、劉備の配下に。蜀が魏に攻め込まれた際、今度は劉禅に魏への降伏をすすめる。

248

鍾繇 元常（151〜230）

曹操の配下。鍾会の父。曹叡の時代、魏が孔明に攻め込まれた際、「家族全員の命をかけて推薦します」と言い、役職を外されていた司馬懿を復帰させるよう曹叡にすすめる。

207

諸葛恪 元遜（203〜253）

孫権の配下。諸葛瑾の息子。孫亮の時代に権力を独占し、孫亮にうとまれ殺される。諸葛瑾は生前、聡明さが際立つ諸葛恪を見て「この子は家を保てないだろう」と予想していた。

234

諸葛瑾 子瑜（174〜241）

孫権の配下。孔明の兄。孔明のいる蜀との交渉役も多かった。

183

諸葛瞻 思遠（227〜263）

劉禅の配下。孔明の息子。劉禅の命令を受けて鄧艾を迎撃。破れて命を落とす。

253

諸葛誕 公休（?〜258）

曹髦の配下。孔明と血がつながっていたため、孔明が生きている時代は重用されなかった。権力を独占する司馬昭に対して反乱を起こすが、失敗して命を落とす。

241 243

諸葛亮 孔明（181〜234）

劉備の配下。劉備の死後は劉禅から全てを任され、蜀の絶対的リーダとして活躍。

6 89 93 94 **96** **104** **106** **110** 115 120 123 131 133 **134** 144 **148** **158** **164** 183 188 191 **192** **194** 196 **198** 201 203 **204** 207 **208** **210** **212** **214** 217 218 **220** **222** 225 226 245

徐晃 公明（?〜228）

曹操の配下。関羽と親交があった。後年、関羽と戦場で出会った際、「髪もひげも真っ白になったのですね」と言ってから、突然「関羽の首を取れ！」と叫び、関羽を襲った。

46 206

徐庶 元直

一時期、劉備の軍師になるも、だまされて曹操のもとへ行くことに。程昱は「徐庶の才能は私の10倍くらいある」と評した。

88 90 93 97

徐盛 文嚮

孫権の配下。赤壁の戦いで曹操軍を正面から攻め、大勝利に貢献する。

128 186

審配 正南（?〜204）

袁紹の配下。袁紹の死後、袁尚に従って曹操と戦うも徐晃に捕まり、処刑される。荀彧は「わがままで計画性がない」と言い、曹操は「知謀に長けている」と評した。

62 80

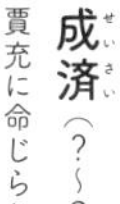

成済（?〜260）

賈充に命じられて曹髦を殺す。しかし、その罪を司馬昭にとがめられて処刑される。

246

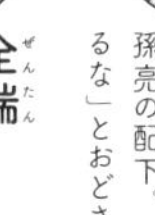

全禕

孫亮の配下。全端の息子。孫綝に「勝つまで戻るな」とおどされて悩み、魏に降伏する。

242

全端

孫亮の配下。魏に降伏した全禕に誘われ、魏に降伏する。

242

曹叡 元仲（?〜239）

曹丕の息子。曹丕のあとを継ぎ、魏の2代皇帝に。晩年は配下の忠告を無視してぜいたくにふけり、36歳で亡くなる。

200 207 213 224 231

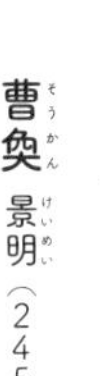

曹奐 景明（245〜302）

魏の最後の皇帝。曹操の孫。曹髦のあとを継いで5代皇帝になるが、司馬炎におどされて皇帝の座を譲る。

247 259

曹休 文烈（?〜228）

曹操の配下。曹操の死後、皇帝の座を曹丕に譲るよう、剣を帯びたまま献帝に迫る。

201

曹洪 子廉（?〜232）

曹操の配下。董卓軍に捕まった曹操を救う。あきらめそうな曹操に「私がいなくても天下に問題はないが、殿がいないわけにはいかない」と言って励ます。曹仁は彼を「短気者」と評した。

31

曹植 子建（192〜232）

曹操の三男。賢くて文章がうまく、曹操に愛された。後継者争いの流れで、長男・曹丕に殺されそうになるが、兄弟を思う詩を作って曹丕を泣かせ、命拾いをする。

154 163

曹真 子丹（?〜231）

曹丕の配下。曹丕の死後、司馬懿を疑う曹叡に「司馬懿に反逆の心はないはず」と忠告するが、曹叡は司馬懿の役職を外してしまう。

219

曹仁 子孝（168〜223）

曹操の配下。反董卓同盟の結成前から、曹洪とともに曹操に従う。

91 **166** 169 171

曹操 孟徳（155〜220）
三国の1つ、魏の礎を築く。献帝をそばに置いて権力を握り、のちに魏の王となる。
7 16 24 **26** **28** 31 **38** 41 **42** 46 49 **50** **52** 54 56 58 60 63 65 67 69 71 **72** **74** 77 **78** 81 82 **84** 87 91 93 97 98 **100** **102** 105 106 109 111 112 **114** **116** **118** 121 123 125 127 131 134 137 138 150 153 154 **156** 159 160 162 165 167 172 **174** 177 179 201

曹爽 昭伯（?〜249）
曹叡の配下。曹真の息子。曹叡の後継者・曹芳の補佐を、司馬懿たちとともに託される。しかし、権力を握って油断したところを司馬懿に狙われ、処刑される。彼の腹心は「曹真殿は知謀が自慢だったが、息子はバカだ」と嘆いた。
231 **232**

曹丕 子桓（187〜226）
曹操の長男。曹操のあとを継ぐと、献帝の漢王朝を滅ぼして魏王朝の初代皇帝になる。曹操には「温厚で慎み深い」と評された。
155 175 177 179 181 182 191 201

曹芳 蘭卿（232〜274）
曹叡の養子。曹叡のあとを継ぎ8歳で魏の3代皇帝に。のちに権力を独占する司馬師を暗殺しようとして失敗。皇帝の座を降ろされる。
231 233 241

曹髦 彦士（241〜260）
曹丕の孫。曹芳のあとを継いで魏の4代皇帝になる。司馬昭の態度に憤り、わずかな兵で反抗し、命を落とす。
240 246 249

沮授
袁紹の配下。袁紹に意見すると怒られ、否定されることが多かった。のちに曹操に捕まり、降伏せずに処刑される。処刑後、曹操は「忠義の士を殺してしまった」と悔やんだ。
62 **70**

孫休 子烈（235〜264）
孫権の息子。孫亮のあとを継ぎ、呉の3代皇帝に。横暴極まる孫綝を処刑する。
245 259

孫乾 公祐
劉備の配下。主に交渉役として人と人の間を飛び回る。
75

孫堅 文台（156〜?）
孫策、孫権の父。反董卓同盟に参加し、混乱の中で玉璽（皇帝の印）を見つけて持ち帰る。袁紹からは「勇猛果敢」と評された。
16 **32** 35 49

孫権 仲謀（182〜252）
孫堅の次男。兄・孫策のあとを継ぎ江東を治め、のちに呉の初代皇帝になる。戦場で孫権を見た曹操は「息子を持つなら孫権のような息子だな」と言った。
7 17 105 107 109 111 115 117 119 121 **124** 126 129 130 **132** 135 172 177 **182** 185 187 190 193 215 235

孫皓 元宗（242〜283）
呉の最後の皇帝。孫権の孫。孫休のあとを継いで呉の4代皇帝に。日増しに凶暴になり、優秀な人物が離れ、呉の滅亡を招く。
259

孫策 伯符（175〜200）
孫堅の長男。戦場で1人の武将を掴み殺し、1人の武将を怒鳴り殺したため、「小覇王」と呼ばれる。曹操は彼を「獅子の子」と恐れた。
16 **48** 61 **76** 79 105 107

孫綝 子通（231〜258）
孫亮の配下。横暴な性格で権力を独占する。自分を殺そうとした孫亮の代わりに孫休を皇帝にするが、最後は孫休に処刑される。
243 245

孫夫人（?〜222）
孫堅の娘。勝気な性格。劉備と結婚するも、孫権にだまされて呉に戻る。のちに「劉備が戦死した」という誤報を聞いて自殺。
127 128 130

孫亮 子明（243〜260）
孫権の息子。孫権のあとを継ぎ、幼くして呉の2代皇帝に。聡明だったが横暴な配下たちに振り回され、孫綝に皇帝の座を降ろされる。
234 245

大喬
孫策の妻。小喬の姉。曹操は大喬・小喬の2人を手に入れることを夢見ていた。
106

太史慈 子義（166〜?）
劉繇の配下として孫策と一騎打ちをする。のちに孫策の配下となる。
48 125

張允（?～208）
劉表の配下。曹操に降伏後、蔡瑁とともに水軍を指揮するも、最後は曹操に処刑される。 100 109

趙雲 子龍（?～228）
劉備の配下。曹操の大軍に襲われた際、1人で幼い劉禅を救出。これを見た曹操が「配下にしたい」と思うほどの活躍だった。のちに蜀の五虎将軍の1人に任命される。趙雲が亡くなると、孔明は「私は片腕を失った」と嘆いた。 103 119 123 139 180 188 **202** 205

張衛（?～215）
張魯の弟。曹操軍に負けて逃げる際、許褚に切り殺される。 152

張角（?～184）
太平道の教祖。南華老仙（なんかろうせん）から『太平要術の書』を受け取り、人々の病を治す。やがて弟の張宝、張梁とともに黄巾の乱を起こすが、病で亡くなる。 **20**

張紘 子綱
孫策の配下。孫策自身が出陣するのを止めたり、のちに戦に負けた孫権をとがめたり、主君にも自分の考えをまっすぐ伝える。張紘が亡くなると、孫権は号泣した。 124

張郃 儁乂（?～231）
袁紹の配下。官渡の戦いで曹操に降伏。のちに張郃の武勇を見た孔明は、「生かしておけば蜀の害になる」と恐れた。 79 159 161 216

張繍（?～207）
董卓の配下の親戚。賈詡を参謀にして曹操相手に善戦するも、のちに降伏する。 16

張昭 子布（156～236）
孫策の配下。孫策は死の直前、「内政は張昭に任せよ」と言うほど信頼していた。のちに孫権に皇帝になることをすすめる。 76 104 107 131 173 182 187

張松 永年
劉璋の配下。暗愚な劉璋を憂い、劉備に劉璋の蜀をのっとるように促す。楊修は張松を「天下の奇才」と評した。 **138** 141

張任
劉璋の配下。劉備軍の龐統を射殺（いころ）す。のちに張飛に捕まり処刑される。 141

貂蝉
王允のもとにいた歌妓（うたひめ）。王允の命を受け、呂布と董卓の心を奪い、2人の仲を裂く。 34 37

張達
張飛の配下。范疆とともに、張飛を殺して呉に降伏。のちに2人は蜀に戻され、張飛の息子・張苞によって殺される。 181

張邈 孟卓（?～195）
反董卓同盟に参加した1人。のちに曹操に攻められ、袁術のもとへ逃げていく。 41

張飛 翼徳（167～221）
劉備の配下。劉備、関羽と義兄弟の契りを結ぶ。関羽とともに戦場で劉備を支え、のちに蜀の五虎将軍の1人に任命される。 **8** 18 **22** 67 95 96 102 119 **146** 149 158 181

張苞
劉備の配下。張飛の息子。父譲りの武勇で活躍。戦場で谷底に落ち、亡くなる。 203 205 214

張翼 伯恭（?～264）
劉璋の配下を経て、劉備に仕える。孔明の南蛮遠征にも同行。孔明は、張翼、馬岱、王平たちを「忠義者で経験が豊富」と評した。 238

張遼 文遠
呂布の配下。のちに曹操に仕える。関羽と親交があった。呉との戦いで活躍し、呉では張遼の名前を聞けば子供が泣きやむほど恐れられた。 57 68 75 117 125

張魯（ちょうろ） 公祺（こうき）

漢中を治めていた、五斗米道の教祖。長らく独立を保ったが、最後は曹操に降伏する。

16 137 139 143 149 **152**

陳宮（ちんきゅう） 公台（こうだい）（?～198）

董卓暗殺に失敗した曹操を救う。のちに呂布の配下として曹操と敵対。呂布とともに捕まり、処刑される。

40

程昱（ていいく） 仲徳（ちゅうとく）

曹操の参謀として活躍。徐庶をだまして曹操のもとへ呼び寄せたのも程昱の策略。

38 51 114 116

丁原（ていげん） 建陽（けんよう）（?～189）

呂布の義理の父。董卓と敵対して一度は勝利するものの、呂布に裏切られて命を落とす。

36 57

程普（ていふ） 徳謀（とくぼう）

孫堅の配下。黄蓋や韓当とともに、孫堅の死後、孫策、孫権と3代に仕える。赤壁の戦いでは副都督として勝利に貢献。

107

丁奉（ていほう） 承淵（しょうえん）（?～271）

孫権の配下。陸遜の指揮のもとで劉備を撃退する。のちに張遼を矢で射て死に至らす。年老いても信頼され、皇帝・孫休の相談を受け、権力を独占していた孫綝の処刑を主導する。

128 186

典韋（てんい）（?～197）

張邈の配下時代にいざこざを起こし、山に逃亡。虎を追いかけているところを夏侯惇に見出され、曹操の配下に。曹操が張繡軍に襲われた際、命を張って曹操を守り死亡。他にも武将が亡くなったが、曹操は典韋の死を悲しみ号泣した。

39 43

田豊（でんぽう）

袁紹の配下。優秀がゆえに袁紹の怒りを買って投獄され、のちに自殺。荀彧は田豊を「強情で上に逆らいがち」と評していた。

62

董允（とういん） 休昭（きゅうしょう）（?～246）

劉備の配下。劉禅の時代になり、権力を悪用しだした黄皓を憎む。孔明は董允の他数名を「善良で忠実」と評した。

228

鄧艾（とうがい） 士載（しさい）（?～264）

兵法と地理に通じていて、司馬懿に評価されていた。蜀の劉禅を降伏に追い込むが、のちに司馬昭に反乱を疑われて命を落とす。

245 **252** 254

陶謙（とうけん） 恭祖（きょうそ）（132～194）

反董卓同盟に参加した1人。死の直前、自分の領地を劉備に譲るも、その後、劉備は呂布に奪われてしまう。

16

鄧芝（とうし） 伯苗（はくびょう）（?～251）

劉璋の配下を経て、劉備に仕える。使者として呉へ向かい、孫権に気に入られ、蜀と呉の関係改善の立役者となる。

190 203

董承（とうじょう）（?～200）

献帝の命を受けて曹操の暗殺を企てるも、事前にばれて処刑される。

64 67

董卓（とうたく） 仲穎（ちゅうえい）（?～192）

黄巾の乱で賊軍に負け続けるも、十常侍にワイロを送って罪を逃れる。のちに都で権力を握り、悪政の限りを尽くす。王允の策略にかかって処刑され、遺体は燃やされる。太っていたため、火はなかなか消えなかった。

9 16 26 29 **30** 33 34 36 39 41 45 47 57

杜預（とよ） 元凱（げんがい）（222～284）

司馬炎の配下。学問を好み、外出時も本を従者に持ち歩かせた。王濬とともに晋の中国統一に大きく貢献。

259

馬謖（ばしょく） 幼常（ようじょう）（190～228）

劉備の配下。馬良の弟。孔明は能力を高く評価していたが、劉備は孔明に「馬謖は言葉が巧みなだけ」と忠告していた。

201 209 210

馬岱（ばたい）

馬騰の兄の息子。馬超とともに劉備の配下に。孔明に「忠義者で経験豊富」と評され、孔明の死後、魏延討伐の命を実行する。

149 226 229

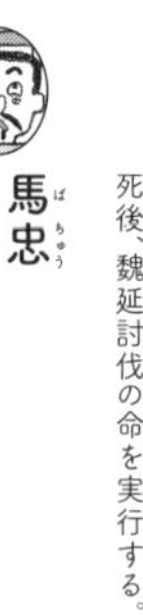

馬忠（ばちゅう）

孫権の配下。関羽を捕まえるも、糜芳・傅士仁が呉を裏切る際、首を切られてしまう。

184

馬超 孟起（176～?）

馬騰の息子。優れた風格から「錦の馬超」と呼ばれる。許褚や張飛と互角に戦い、のちに劉備に仕え、蜀の五虎将軍の1人に任命される。

149 134 **136** 139

馬騰 寿成（?～212）

反董卓同盟に参加した1人。身長は2mを超え、性格は穏やか。董承による曹操討伐計画に加担していたため、曹操に処刑された。

16 65 135

馬良 季常（187～225）

伊籍の推薦で劉備の配下に。眉に白い毛があり「白眉」と称された。劉備の呉攻略に参加。「陸遜をあなどるな」と忠告するも、劉備は聞く耳を持たずに大敗してしまう。

123 168

范疆

張飛の配下。張達とともに、張飛を殺して呉に降伏。のちに蜀との関係を改善したいと考えた孫権によって蜀に返され、処刑される。

181

費禕 文偉（?～253）

劉璋の配下を経て、劉備に仕える。孔明は死の直前、「自分の後任は蔣琬に、そのあとは費禕に継がせよ」と言うほど信頼していた。

199 227 229

麋芳 子方（?～222）

兄・麋竺とともに長らく劉備に仕えたが、傅士仁に説得され呉に降伏。のちに呉を裏切って劉備のもとへ戻るも、処刑される。

165 171 **184**

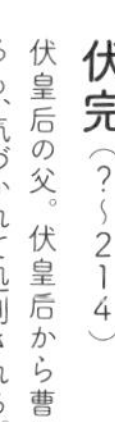

伏完（?～214）

伏皇后の父。伏皇后から曹操暗殺を依頼されるも、気づかれて処刑される。

151

伏皇后（?～214）

献帝の皇后。父・伏完に曹操暗殺を依頼するも、途中でばれて処刑される。

150

傅士仁（?～222）

劉備の配下。関羽を裏切り、麋芳とともに呉に降伏。のちに関羽を捕まえた馬忠の首を持って劉備のもとへ戻るも、処刑される。

165 171 **184**

文醜（?～200）

袁紹の配下。顔良が戦死した際、「顔良とは兄弟同然の仲。敵討ちをしたい」と言い出陣。曹操のもとにいた関羽に切られてしまう。

71

法正 孝直（176～220）

劉璋の配下を経て、劉備に仕える。劉備が「関羽の敵討ちで呉を攻める」と言って出陣を強行した際、孔明は「法正が生きていれば止められただろうに」と嘆いた。

158

龐統 士元（178～213）

曹操に船と船をつながせ、赤壁の戦いでの孫権・劉備軍の勝利に貢献。のちに劉備に仕える。

114 132 140 **144** 147

龐徳 令明（?～219）

馬超の配下。のちに馬超とはぐれ、張魯のもとで張郃・夏侯淵たちを相手に堂々と戦い、曹操を感心させる。のちに曹操に仕えるが、最後は関羽に捕まり、処刑された。

153 167

満寵 伯寧（?～242）

曹操の配下。曹叡の時代、孫権軍が攻めてきた際、曹叡に夜襲を提案し、勝利に貢献。

39 **46** 166

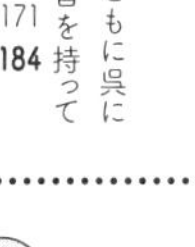

迷当大王

羌族の王。姜維に味方をするものの、郭淮に大敗して降伏。今度は郭淮の味方となり、姜維を混乱させる。

236

孟獲

南蛮の王。蜀に対して反乱を起こすも、孔明に7回捕まって降伏する。

193 195 **196** 198

孟達 子慶（?～228）

劉璋の配下を経て、劉備の配下に。窮地に立った関羽に援軍を送らず劉備に恨まれ、曹丕に降伏。劉備が亡くなると、再び戻ろうとするものの、司馬懿に攻められて命を落とす。

177 206 209

楊儀 威公（?～235）
劉禅の配下。司馬懿との交戦中に病に倒れた孔明は、楊儀に撤退の方法を託す。のちに自分への評価の低さに不満をこぼし、庶民に落とされ、自殺する。蔣琬は楊儀を「せっかちで心が狭いが、実務力はある」と評した。 221 227 228

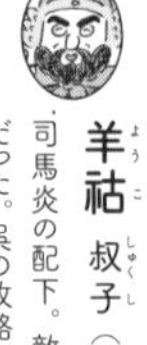

羊祜 叔子（221～278）
司馬炎の配下。敵の陸抗とは互いを尊重する仲だった。呉の攻略を司馬炎に提案するも、受け入れられず、「天下のことは、いつも10のうち8か9は思うようにならぬもの」と嘆く。やがて病に倒れ、後任に杜預を推薦して亡くなる。 258

楊修 徳祖（175～219）
曹操の配下。話がうまく博学。曹植と親しく、いつも語り合っていた。曹操は楊修の才能が鼻につき、いつか殺そうと考えていた。 **162**

楊松
張魯の配下。曹操からワイロを受け取り、龐徳を孤立させる。曹操に降伏後、処刑される。 153

李傕
董卓の配下。董卓の死後、都で実権を握るが、巫女をひいきして配下から不満が噴出。裏切られ、山賊にまで落ちぶれる。 16 30 **44**

陸抗 幼節（226～274）
孫皓の配下。陸遜の息子。孫皓に「羊祜を攻めろ」と命じられた際、「まだ時期ではない」と断り、任務を降ろされてしまう。 259

陸遜 伯言（183～245）
孫権の配下。呂蒙とともに関羽から荊州を奪う際の功労者。張昭・顧雍たちは「力不足」と考えていたが、のちに評価は一変する。馬良は陸遜を「周瑜にも劣らぬ才能」と評した。 **186** 189

李厳 正方（?～234）
劉璋の配下を経て、劉備に仕える。孔明は「李厳は陸遜とも渡り合える」と評した。しかし、孔明が司馬懿と交戦中、ミスを隠そうとウソをつき、庶民に落とされる。「孔明はいつか復職させてくれる」と考えていた彼は、孔明の死を知ると、絶望から病に倒れて亡くなる。 221

李儒（?～192）
董卓の配下。董卓の悪政を支える。のちに王允によって董卓とともに処刑される。 30

李勝 公昭（?～249）
曹爽の腹心。病気のふりをする司馬懿の小芝居を見抜けず、曹爽の慢心を助長。それが司馬懿のクーデターが成功するきっかけとなる。 230

劉永 公寿
劉備の息子。劉備は死の直前、劉永と弟・劉理に「孔明を父と思え」という言葉を残す。 188

劉焉 君郎（?～194）
劉璋の父。劉備が最初に見た兵士募集の立て札は、劉焉の呼びかけによるもの。 16

劉琦（?～209）
劉表の長男。劉表は「賢いが軟弱」と評した。弟・劉琮に後継者の地位を奪われ、劉備軍と行動をともにするものの、病で亡くなる。 99

劉虞
警察署長の職を失った劉備とともに賊軍を倒す。劉虞が劉備の功績を漢王朝に伝えたため、劉備は監察官を叩いた罪を許される。 16

劉璋 季玉（?～219）
劉焉のあとを継いで蜀を治めるが、のちに劉備に奪われる。軟弱な性格で、孔明や張松に「愚か者」と酷評された。 16 139 140 **142** 145 147 148

劉諶（?～263）
劉禅の息子。譙周が劉禅に降伏をすすめると、譙周を「命を惜しむ腐れ儒者」と罵倒。その後、「他人に屈するなど真っ平だ」と言って自殺。 255

劉禅 公嗣（207～271）
劉備の息子。劉備のあとを継いで17歳で蜀の2代皇帝に。黄皓に全てを任せて遊びほうけ、蜀の滅亡を招く。 **9** 103 189 193 **218** 221 228 244 248 251 253 255 **256**

劉琮

劉表の次男。劉表のあとを継ぐも、配下たちに説得されて曹操に降伏。のちに殺される。

劉備 玄徳（161～223）

関羽、張飛と義兄弟の契りを結び、各地を転戦。孔明を軍師に迎え入れ、孫権とともに赤壁の戦いで勝利。のちに劉璋を降伏させ、蜀の初代皇帝となる。

劉表 景升（?～208）

幼い頃から人付き合いを好み、荊州を治める。病に倒れ、長男・劉琦を後継者に指名するが、蔡瑁たちが強引に次男・劉琮に引き継がせる。郭嘉は劉表を「口先だけの男」、曹操や徐庶は「評判倒れ」と評した。

劉封

劉備の養子。危機に陥った関羽に援軍を送らなかったため、劉備に恨まれ処刑される。

劉曄 子揚

曹操の配下。満寵たちを配下にするよう曹操に推薦する。曹操の死後も魏を支える。

劉繇 正礼（156～197）

配下の太史慈とともに孫策と戦うものの敗退。劉表のもとへ落ちのびる。

劉理 奉孝（?～244）

劉備の息子。兄・劉永とともに劉備の死に立ち会う。

呂範 子衡（?～228）

袁術の配下を経て孫策に仕える。孫策の死後も、孫権を補佐。占いの知識がある。

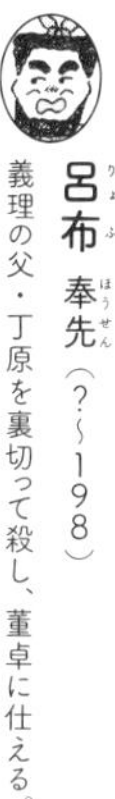

呂布 奉先（?～198）

義理の父・丁原を裏切って殺し、董卓に仕える。のちに董卓も裏切って独立。圧倒的な武勇で各地を転戦するも、曹操に捕まり処刑される。関羽や張飛など、多くの人から「義理知らず」と酷評され、信用度は低かった。

呂蒙 子明（178～219）

孫権の配下。関羽から荊州を奪った功労者。関羽の死後、関羽の霊にとりつかれて亡くなる。

魯粛 子敬（172～217）

孫権の配下。資産家で温厚な人柄。孔明に言いくるめられて荊州を取り返せない魯粛に、周瑜は「君は誠実すぎる」と言う。周瑜の死後、任務を引き継ぐ。

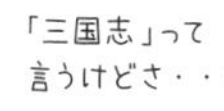

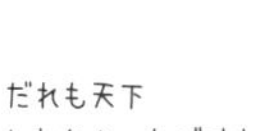

【主な参考文献】

『三国志演義』(全4巻)訳:井波律子(講談社)
『完訳 三国志』(全8巻)訳:小川環樹・金田純一郎(岩波書店)
『三国志演義 改訂新版』(全4巻)訳:立間祥介(徳間書店)
『三國志人物事典』(全3巻)渡辺精一(講談社)
『三国志演義事典』渡邉義浩・仙石知子(大修館書店)

文:ペズル

子供の頃に『三国志』(講談社 著:吉川英治)や歴史シミュレーションゲーム『三國志』(コーエー〔現・コーエーテクモゲームス〕)にのめり込み、大学では東洋史を専攻する。年内に『せかいいっしゅう あそびのたび(仮)』『もしも虫と話せたら(仮)』(ともにプレジデント社)を出版予定。

絵:田中チズコ

1986年生まれ。大学卒業後、玩具雑貨メーカーでキャラクターグッズの制作等に携わる。OL生活の傍ら、セツ・モードセミナー、パレットクラブスクールにて絵を学び、2015年頃よりフリーのイラストレーターに。子供向けから大人向けまで幅広く書籍や雑誌等のイラストレーションを手がける。イラストを担当した『フムフム、がってん!いきものビックリ仰天クイズ』(文藝春秋)が発売中。趣味は気ままな散歩と昭和の映画を観ること。

三国志に学ぶ人間関係の法則120

2020年6月17日　第1刷発行

文　ペズル

絵　田中チズコ

発行者　長坂嘉昭

発行所　株式会社プレジデント社
〒102−8641 東京都千代田区平河町2−16−1 平河町森タワー 13階
https://www.president.co.jp/
電話:編集 (03)3237-3732　販売(03)3237-3731

販　売　桂木栄一　高橋 徹　川井田美景　森田 巌　末吉秀樹

装　丁　公平恵美

編　集　渡邉 崇

制　作　関 結香

印刷・製本　凸版印刷株式会社

ISBN978-4-8334-2372-4　Printed in Japan